刀剑神域外传
暴风之铳
2
第二届特攻强袭（上）

Sword Art Online Alternative
Gun Gale Online II
2nd Squad Jam

[日] 时雨泽惠一 / 著
[日] 黑星红白 / 绘 [日] 川原砾 / 监修
清和月 / 译

天津出版传媒集团
百花文艺出版社

CONTENTS

序　章
001

第一章　战士的茶话会
005

第二章　第二届Squad Jam
029

第三章　SAO失败者
055

第四章　SJ2的赛前准备
073

第五章　大赛开始
111

第六章　诱杀陷阱
133

第七章　战死
165

第八章　各自的作战计划
191

第九章　十分钟内的歼灭战 其一
215

后　记
255

特别篇
258

DESIGN/BEE-PEE

GALE ONLINE
2nd SQUAD JAM

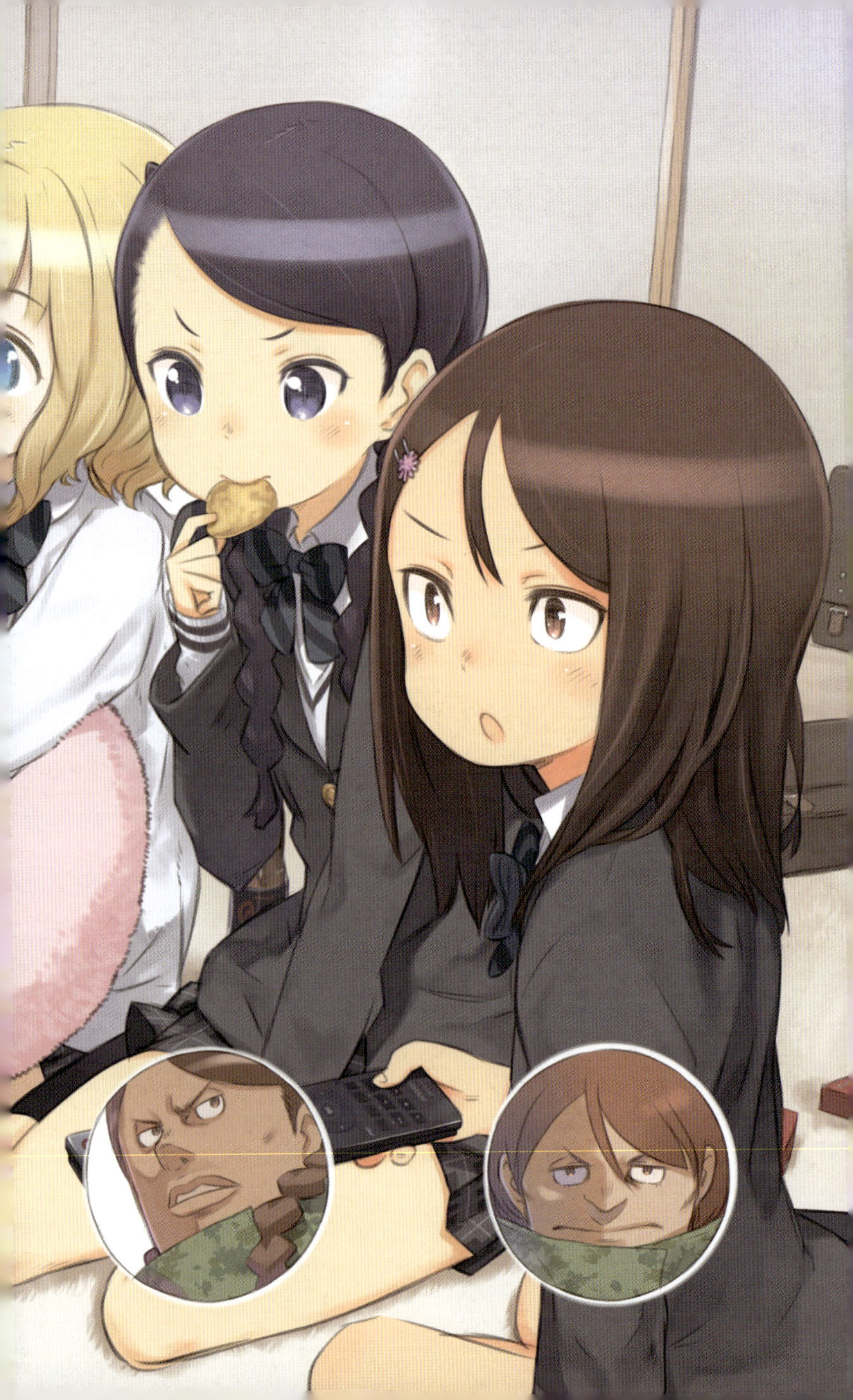

Sword Art Online Alternative
GUN GALE ONLINE II
2nd SQUAD JAM

[日] 时雨泽惠一 / 著

[日] 黑星红白 / 绘   [日] 川原砾 / 监修

清和月 / 译

THE 2nd SQUAD JAM
FIELD MAP

第二届 Squad Jam 场地地图

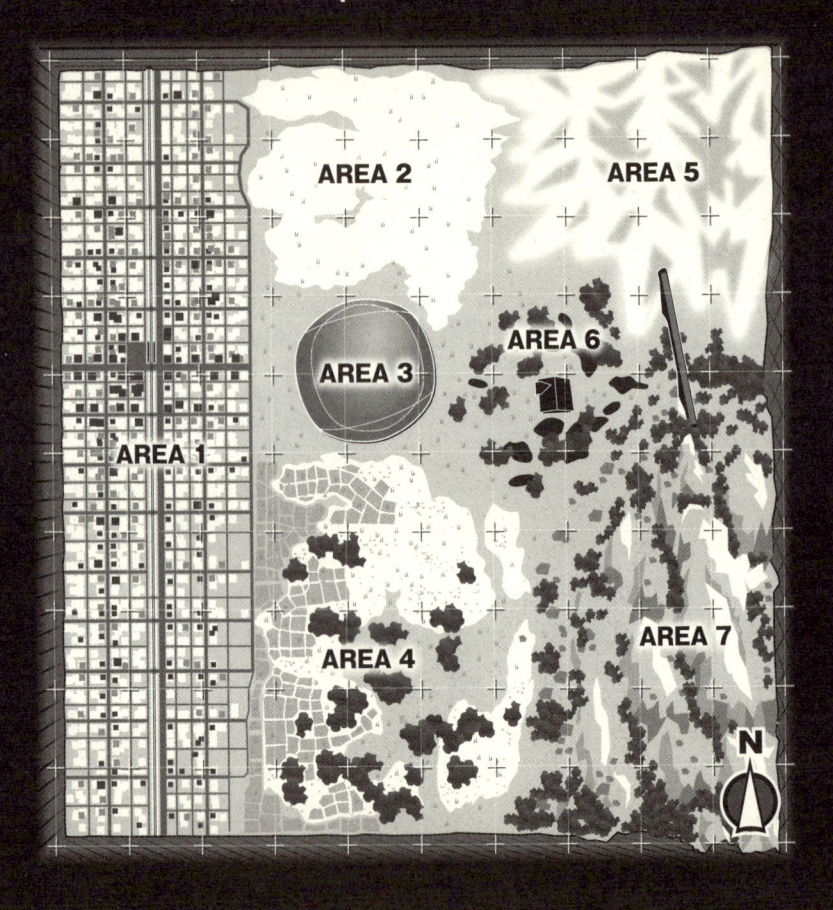

AREA 1：城 市 **AREA 5**：雪 山

AREA 2：丘 陵 **AREA 6**：草 原

AREA 3：巨 蛋 **AREA 7**：岩 山

AREA 4：农田和树林

序　章　PROLOGUE

序章

"咦？那个……这个……"

小比类卷香莲脑子里一片混乱。

她一头雾水，完全搞不清楚状况。

香莲身高一米八三，作为一名十九岁的日本女生，她这个身高远远超出了平均值。现在，高挑的她背部抵在墙壁上，能感觉到墙壁传来的冰冷触感。

一只手撑在她留着黑色短发的头旁边。

一只被锻炼得结实紧致的男性右手，就压在香莲左耳旁边的墙上。

在她面前的，自然就是伸出那只手的人。那人目光锐利，脸和T恤下的厚实胸膛都离香莲很近。

嗯……这个……就是传说中的……"壁咚"吧。

头脑一片混乱的香莲只想到了这一点。

"壁咚"。

就是"男人将女人逼到墙边，并用手撑着墙壁的行为"。

要说这样做的原因，如果男人不是非常想要钱的话，大部分情况都是为了交往。当女人的态度不明确时，等不及的男人就会采取这种行动。

香莲能理解，但她没想过自己会被人"壁咚"。自己竟然会身陷这种如同少女漫画女主角般的情景，她真是做梦都想不到。

幸好对面那个男人的身高也比较高。

香莲认真地思考着。

眼前这人虽然比自己矮,但身高应该也有一米七五了吧。整个画面看上去还算是比较正常。

这个帅气的男人,看上去比香莲年长几岁,现在正用中气十足的声音喊道:

"至今为止你认真地爱过某个人吗?和愿意献出自己性命的对象相爱过吗?"

香莲的脑子里还是一片混乱,她根本无法说谎。

她就像被下了吐真剂一样,老实地回答了自己的想法:

"没、没有过……"

男人再次喊道:

"那你绝对不会明白我现在的心情!"

他仿佛很悲伤、很痛苦、很愤怒,脸上显露出好几重感情。

为什么?为什么会变成这样?

香莲的脑中不断地浮现出问号,她更加混乱了。

那是第二届Squad Jam开赛的十九天前。

2026年3月16日,星期一, 15点42分发生的事。

# 第一章 战士的茶话会　　SECT.1

第一章 战士的茶话会

2026年2月15日,星期天,13点30分。

东京的天空被阴沉沉的云层覆盖着。在市内某栋高层公寓的一间房里,女孩子们的欢呼声相互交织。

"好厉害!"

"干得漂亮!"

"这动作真流畅!"

"的确厉害。"

"太厉害了!"

"好快啊!"

这是一间四面白壁的素净起居室,有十张榻榻米(**注:一张榻榻米的面积约为一点六五平方米**)大小。

六名穿着校服的女高中生坐在奶白色的地毯上,吵吵嚷嚷地看着放在房间一角的四十二寸液晶电视。

六人中,五人是黑发黄皮肤,一人是金发白皮肤。

六人身后还有一名个子特别高的女子,年纪比她们要大一些。她横摆着长腿随意地坐着,看着少女们摇晃的脑袋说:"你们竟然还夸我,我心情有点复杂……"

之后,她又补充道:"之后的录像是我和你们的对战……"

大尺寸的液晶电视上显示出的,是几乎和现实风景一样精致的电脑CG画面。

画面中太阳高挂,天空却像黄昏一样被染红。镜头从上空俯拍，映出宇宙船扎进沼泽里的样子，像极了科幻电影里的场景。

"我想再看一次刚才的战斗！可以倒回去吗，香莲小姐？"

其中一名穿制服的女高中生摇晃着脑袋转过头来。

"你们随意，看几次都行。"这个房间的主人——个子很高的小比类卷香莲笑着回答。

取得同意后，女高中生拿起手边的电视遥控器按回放键。电视画面也随之不断改变，最终停在她想看的地方。

CG录像上显示出一片如同外国高级住宅区般的开阔地，是两条大道交叉的十字路口。

镜头在几米之外的高处斜着俯拍，能看到路面碎裂的十字路口上散落着轮胎、购物车及小型行李箱等杂物。

过了一会儿，画面中出现了四个身穿迷彩服、手持黑色步枪的男人。当然，那些都是用CG塑造出来的角色。

男人们警惕地戒备着四周，走进十字路口。他们所有人都蒙着脸，因此看不出表情，也没有发出声音。

"要开始了……"

就在其中一名女高中生说话的同时，画面中的行李箱打开，就如同烤好的蛤蜊突然打开壳那样，然后——

"出现了！"

行李箱里面钻出了一名粉红色的少女。

那是个身高不足一米五的少女。她的战斗服、鞋子、手套、帽子、弹药袋，甚至手上那把形状怪异的武器都是粉红色。

紧接着那武器喷出了火。那是一把枪，电视里不断传出的尖锐枪声就是最好的证明。

粉红色的少女对着近在眼前的迷彩服男人一通扫射，男人身上被击中的地方闪起红光，飞散出细小的光粒子。那是中弹特效的CG，不会出现血淋淋的画面。

随后，男人无力地倒在原地，身上亮起"Dead"——表示"死亡"的标志。他死了。

粉红色少女冲向另一个距离较近的男人开枪。男人也在用步枪射击，但粉红色少女的动作快得惊人，子弹都没能打中她。相反，男人被打成了蜂窝。

粉红色少女就这样眨眼间杀掉了第二人，并跳到他身后趴了下来。

剩下的两个男人用步枪指向少女，其中一人在犹豫是否要开枪，另一人直接开了枪，却无法打中以尸体为盾的娇小目标，然后他也中弹身亡了。

粉红色少女像棋子一样在地面上滚动着，又在最后一人身上打出中弹特效。

在几秒钟内歼敌四人后，粉红色少女猛冲出去，离开了现场，以超乎常人的速度消失在画面里。

女高中生按下了遥控器上的暂停键，再次回头说道：

"不管看多少次，都觉得你实在太厉害了！香莲小姐！"

香莲苦笑着回答：

"那是……只有'莲'才能做到的事。"

小个子的女高中生中气十足地说道：

"一样的啊！是玩家在控制虚拟角色的行动嘛！所以，Squad Jam的冠军莲，就是现在在这里的香莲小姐！"

公历2026年的今天，游戏行业已经有了长足的发展。

如今是深潜型虚拟游戏蓬勃发展的时代，VR能够完全屏蔽人类的身体感觉，将全新的五感送入大脑，令人享受到身临其境的快乐。

只要拥有电脑、游戏软件、以及被称为AmuSphere的大护目镜型机器，任何人都能轻而易举地前往异世界旅行。

AmuSphere能屏蔽身体的感觉，将虚拟的感觉直接送进大脑。

玩家进入一种"明白自己在做梦"的状态，并能够自如地操纵自己在VR世界里的分身——"虚拟角色"。

能够操纵另一个自己，那完全可以说是梦幻游戏。

深潜型VR游戏种类繁多。

其中有一款是以枪战为卖点的VRMMO-RPG（大型多人在线角色扮演游戏）。

名字叫作*Gun Gale Online*，简称GGO。

游戏以因最终战争而荒废的地球为舞台，玩家们被设定为乘坐宇宙船归来的人类，手持枪械四处探索，可以和怪物战斗，也可以和其他玩家的角色们战斗。

这个世界中玩家们使用的武器是枪。

枪的种类分为充满科幻感的光学枪，和还原现实枪支的实弹枪。这是个会让枪支爱好者们感到欣喜若狂的游戏，能让他们在虚拟世界里拿着枪尽情战斗。

而且，GGO官方并不禁止游戏币和现金的兑换。因此，这里还有着众多为赚钱而拼命玩游戏的人——那些人可以说是"以此为生"的职业玩家了。

GGO里举办过"角逐最强玩家"的多人混战大赛，名为"Bullet of Bullets"，简称BoB。

BoB可以说是GGO里的全民盛会，已经举办过三届，规模一次比一次大。

看了BoB后，有一个人就产生了"不仅是一对一，也好想看看团队战"的想法。

于是那个人向GGO的运营团队ZASKAR发出申请，想要赞助并举办一次游戏大赛。

像BoB那样，举办小队混战大赛，每支小队最多六人。

名字就叫Squad Jam，简称SJ。Squad指军队里的最小编排单位，Jam是大混战的意思。

就在两星期前的2月1日，GGO举办了个人赞助的小型比赛SJ。虽然比不上在网络电视台上直播的BoB，也算是一次玩家的盛会了。

游戏中只有作为主会场的酒馆会直播战斗情况，二十三支小队在一千公顷的特殊地图中展开了激烈的枪战。

观众们在酒馆里喝着酒，见证哪一支队伍能活到最后。

出人意料的是，在历时一小时二十八分钟，开枪数共计四万九千八百一十发的战斗里存活下来的，是一支以最少人数（两人）参赛的小队。

其中一名，是角色名为M的玩家，是个射击技术精湛的魁梧男人。

而另一个就是——莲。

由小比类卷香莲操纵的，全身粉红的娇小少女。

电视画面中映出在住宅区道路上前进的卡车。

那是一辆霸气的军用卡车，驾驶室和车厢车篷的侧面都覆盖有几块装甲板，高大的轮胎碾压着散落在地上的垃圾，以飞快的速度在碎裂的道路上行驶，最终停在一栋豪宅前。

"就是因为有那辆卡车，你们才能那么快就从地图边缘来到这里吧，小咲。"

香莲对梳着辫子的女高中生说道。

"对！"

少女猛地转回身，愉快地回答道。

她的名字是新渡户咲，就读于香莲所在的名门女子大学的附属高中，是一名高二学生，也是新体操社的队长。

就在这时，电视画面里一个高壮的女角色率先从卡车的副驾驶座上跳了下来。

她身高超过一米八，肌肉发达，肩宽背阔，就像个女子摔跤手。若非她脸颊两旁垂着两条棕色辫子，别人甚至难以分辨她的性别，年龄看上去超三十五岁。

她穿着嵌有细小绿点的迷彩服，手里提着一个大背包。

这个看上去很强大的女士兵，角色名字叫伊娃，正是咲在GGO里的虚拟角色。

"哇，不管什么时候看都觉得好可怕，看着就很强……"

听到香莲的声音，咲立刻嘟起了嘴，表情非常可爱。

"啊！香莲小姐，你刚才说我可怕！"

"对不起对不起。不过，看上去是挺可怕的。"香莲笑着道歉，随后又这么承认。

女高中生当中留着短发的一人也附和道：

"老大最有压迫感嘛！"

这个说话时笑得无忧无虑的女孩，叫藤泽佳奈。她长发及肩，长相看着像是个很要强的女孩子。

佳奈和咲一样，同是附属高中的高二学生，和咲是从小一起长大的好朋友，还是和咲一起支撑新体操社的副队长。

不管是在现实世界还是在虚拟世界，咲的昵称都是"老大"。现在，她用小巧的手猛地指向电视画面。

"是佳奈的角色！你快看啊，香莲小姐！索菲那健壮的身板！"

画面上，一个角色正从货台上跳下来。她个子很矮，横向面积却很大，表情严肃，角色名正是索菲。

她那胖敦敦的样子就像科幻世界里的矮人，棕色长发胡乱地扎在脑后。

索菲拿在手里的，是看上去沉甸甸的PKM机关枪，是能制造出子弹雨的可怕武器。

"哈哈。你们两个看上去真的很强。"

香莲爽朗地笑起来。

她回想起自己和她们"厮杀"时的事。

香莲那时以为她们说了自己的坏话，内心产生射击的冲动。

结果那成了促使自己参加SJ的契机。

人生真是变化莫测啊。

香莲认真地思考。

"好了！接下来是我！"

一名女孩举起她白净的手。

她是一名拥有蓝色眼眸的外国少女，留着及肩的波浪金发。

身高和大家差不多，在外国人当中算是非常娇小了。她的日语说得很好，发音完全没有违和感。

"嗯，米拉娜。"

香莲叫着她的名字回应。

高一的她名叫米拉娜·西多罗娃，父母是俄国贸易商。米拉娜从小就在东京和莫斯科间来往，初二开始在这里上学。

电视画面中，一个拿着细长枪支的角色正从驾驶座上下来。

米拉娜的角色名叫托玛，身高在一米七五以上，又高又瘦，绿色的针织帽下露出带有光泽的黑色短发。她的服装和大家一样，是迷彩服，武器是著名的俄制半自动狙击枪德拉贡诺夫。

咲暂停画面，对香莲解释道：

"小米啊，竟然会开手动挡的车，真是吓我们一跳！她是在俄国跟喜欢车的父亲学的。"

"噢，是这样……"

香莲明白了。因为米拉娜在现实中会开车，在GGO里也就同样拥有那项技能。

"好了，下一个！"

咲边说边按下按键，录像继续播放。下一个角色快速地从货台上跳了下来。

那是个看上去年龄较大的女性角色，留着红色短发，脸上有雀斑，个子很高，体格健壮，形象就像影视作品里的勇敢母亲。她的武器是PKM机关枪，背上背着装有替换枪管和弹药盒的背包，背包左右两边各挂着三个等离子手榴弹。

"来了来了！是我！"

放着许多零食的桌子旁，一名和画面中的大妈似像非像的少女叫了起来。她是个留着齐肩短发的和风美少女，像日本人偶一样可爱。

她叫野口诗织，是一名高二生。GGO里的角色名叫罗莎。

香莲来回看着在SJ中和自己相互瞪视的罗莎那张可怕的脸，和身为操纵者的可爱女孩的脸，感叹道：

"原来这是诗织啊……"

"嘿嘿嘿！"

看到诗织不好意思地笑起来，香莲也眯起眼睛笑了。

画面里，第五个人跳了下来。

绿色针织帽下露出了一头波浪金发，这名角色的外表比其他角色都年轻，大概只有二十出头，戴着墨镜，但很漂亮，看上去就像外国女明星。她背上背着德拉贡诺夫狙击枪。

"那个，这是我……"

一名表情温柔的女孩怯生生地举起手，她的头发比其他人都要长，在脑后扎成一个团子。她是一名高一学生，名字叫安中萌，角色名叫安娜，是角色名最接近本名的一个。

香莲还什么都没说，萌就突然缩成小小一团：

"那个，我的角色……好像有些高傲，真是不好意思。"

"啊？"

香莲听不明白她的意思，身为老大的咲插嘴说：

"小萌是因为角色像好莱坞女明星一样漂亮才会不好意思。我都说了用不着这样！"

"啊，原来如此……"

电视画面中最后从卡车上跳下来的是个子最小的角色，但也有一米六以上。

那个角色留着非常短的银发，加上锐利的目光和长脸形，看上去像狐狸。迷彩服和装备都和其他角色一样，但腰上挂和老大一样的手枪枪套，手中的武器是俄国的机关枪PP-19野牛。

"出来了出来了！是我！我就是操纵塔妮亚的人！"

一名使用男性用语自称（注：原文中，理沙使用的自称为"僕"，一般为男性自称时使用）的女孩举起了手。

她的头发剪得非常短，单从外表看，说她是一名穿女装的美少年肯定会有人相信。当然，她是女孩，高一生，是新体操社的成员，叫楠理沙。

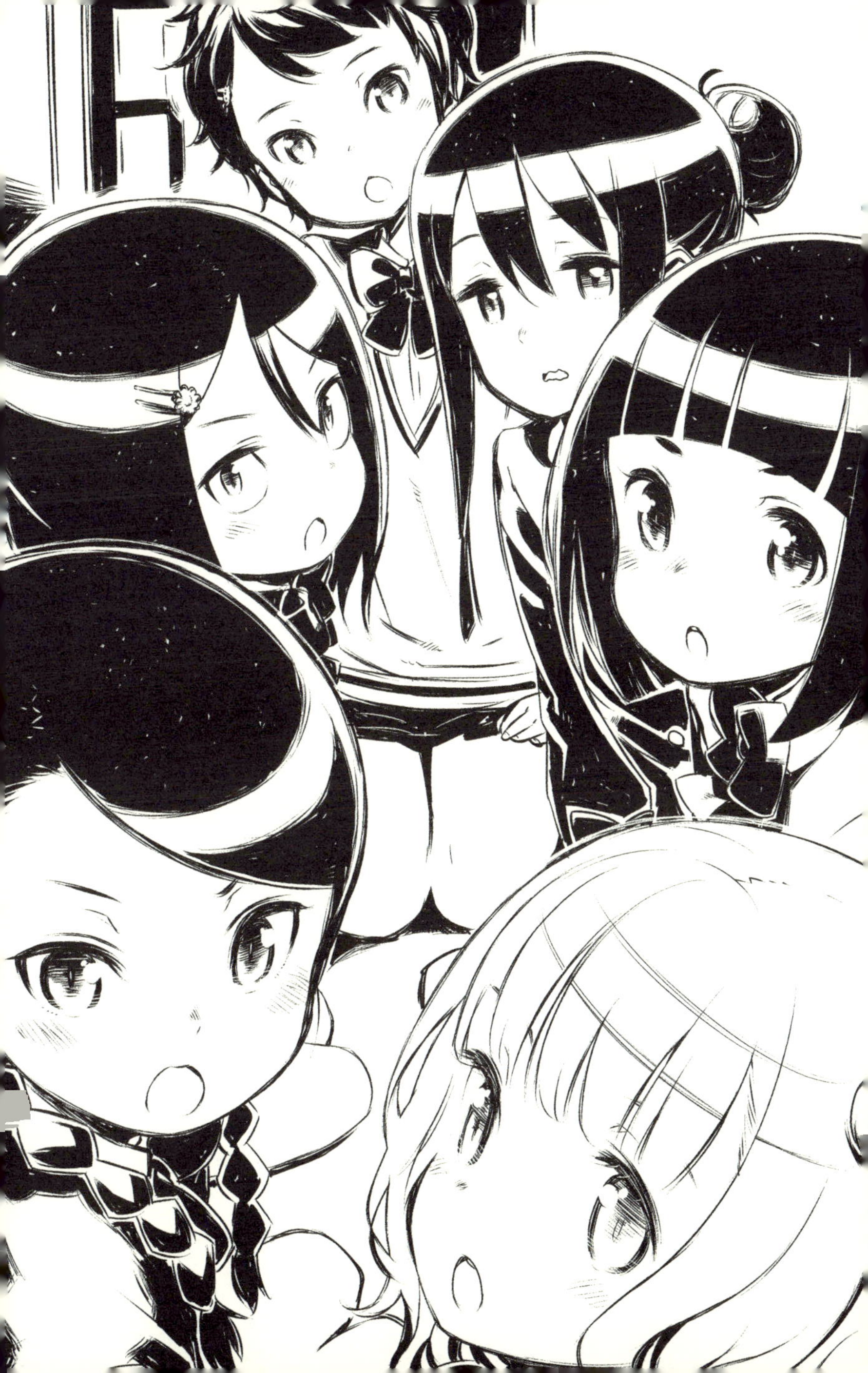

"理沙是现实模样和虚拟角色最像的一个!"

正如咲所说,除了头发颜色——黑色和银色不同,连发型——短发都一模一样。不过,虚拟角色塔妮亚的目光似乎更锐利一些。

"好!附属高中新体操社,GGO内的所有角色介绍完毕!"

听到咲的话,香莲回答:

"好的,谢谢。"

之后,她又有些畏缩地向咲和其他五人问道:

"那个……你们真的要往下看吗?"

"当然!"

"肯定要看!"

"必须的!"

"就是为此而来的!"

"要看啊!"

女孩们像机关枪发射子弹似的同时回答,最终还是咲比出"暂停"的手势,制止了成员们的喧闹发言。

"当然要看!香莲小姐是怎样'杀掉'我们的,还请你逐一解释一下!我们会把这个当成学习资料,好好反省,在下次SJ中夺取冠军!"

* * *

两个星期前的Squad Jam里,香莲……不,是虚拟角色莲,最后面对的,也是最强大的敌人,就是新体操社。

大赛结束的两天后,出现了意料之外的"现实碎裂",也就是双方在现实世界里得知了对方的真实身份。当时,香莲和附属高中新体操社的六人擦肩而过，还相互打了招呼。

那次的对话说长不长说短不短，她们还想继续站着交谈，可惜当时已经没有时间了。

"那个，休息日你们要不要到我家来玩？从这里出发的话，只需搭乘一站地铁，步行过去也不算远……"

香莲没有多想就这么说出口了。

话音刚落，她才猛然意识到——自己竟然会这么积极地邀请别人！

香莲自己就先吓了一跳。

同时又想：啊，或许我一时激动，说了不该说的话。

香莲感到心痛。

明明才和她们认识不久，自己还比她们年长，听到"要不要到我家来玩"这样的话，她们会不会觉得奇怪？而且，会不会不好拒绝？

是不是一开始说去咖啡店之类的地方会比较好？

自从参加了SJ后，自己就突然变得积极向上了起来，但是不是马上就失控，向着错误的方向发展了？

就在香莲在心中想着那些令她沮丧的事时——

女孩们的反应却仿佛暴风雨一样。

"咦？"

"可以吗？"

"要去要去，绝对要去！"

"那就打扰了！"

"去啊去啊！"

"请让我们去吧！"

被六人一起盯着，香莲在东京第一次获得了"招待朋友来家里玩"这个成就。

今天是休息日，六人是社团活动结束后来的，都穿着校服。

香莲准备了许多零食和茶水，六人吃了一会儿后，咲就询问能否借用电视。

香莲同意之后才知道，她们想看SJ里的战斗录像。

运营方将SJ的战斗转播录像剪辑成一小时左右的看点集锦。

玩家可以在玩GGO的时候——也就是深潜进游戏世界里观看，也可以通过网络在现实世界里观看。

香莲非常吃惊，但既然她已经同意了，当然也不会再反悔。距离SJ结束已经过了两个星期，她还没有看过录像。

而且在那之后她一次都没有再去过GGO。

原因有二，一方面她在SJ里彻彻底底地大闹了一番后觉得"我做到了"。另一方面，战斗时M的异常表现让香莲觉得有点后怕。

"那不是正好嘛！来看吧，好好研究一下！"

在咲的力劝之下，香莲也跟着一起看集锦。

"你们好认真啊……"

新体操社的成员们不停地重看自己输掉的战斗来研究和反省，看着这样的她们，香莲像老婆婆一样感慨地说道。

"那是当然！这可是社团活动的一环！"

"啊？"

GGO和新体操有什么关系？

听到出乎意料的话，香莲非常不解地歪着脑袋。

"这么说来，都还没有告诉过你……"

咲停下了按播放按钮的动作，代表社员们开始解释。

"去年四月，三名高一生加入后，团队关系就很不好。"

"是……这样吗？"

看着现在相处得很好的六人组，香莲十分意外。

"我完全想象不出来……"

她坦率地这么说。

"当时情况真的很糟糕。虽然没到一见面就打架的程度，但一起表演时就毫无配合，乱七八糟的……在大学教练的指示下，我们就用深潜技术来训练……香莲小姐，你知道'深潜运动模拟装置'吗？"

"不知道。"

虽然能从名字猜到一二，但香莲还是摇了摇头。

咲告诉她："就是使用AmuSphere，用和自己同样体形的虚拟角色来做各种练习。这样就不需要一开始就亲自试验有危险的技术动作，现在思想前卫的教练大都采用这种方式进行训练。"

"噢……"香莲感慨道。

至今为止她都只利用VR技术来玩游戏（GGO），不过，VR技术原本就应该是那样用的。

"当然，最终还需要考虑现实中的体力，因此那只是模拟装置，用来做练习动作而已。以后要是出现深潜的比赛就另当别论，但现在还没有那种比赛，也有传言说以后可能会有。"

"我又学到了新知识。你们的动作配合得那么流畅，就是因为在做深潜练习吧。"

"嘿嘿嘿。不过，教练对我们合不来这件事也很无奈，都放弃在模拟装置里进行技术指导了！"

听到咲的话，一直在后面默默听着的佳奈突然出声：

"嗖！"

随着模拟的投掷声，佳奈没礼貌地将桌上的一颗棉花糖扔了出去。

"我接！"

坐在她正对面的假小子理沙，在几乎不动头的情况下，顺利地将滞空时间很长的棉花糖接到了嘴里。

漂亮！

香莲在心中称赞道。

真不愧是新体操社。瞄得准，接得也稳。感觉不管重复多少次都不会出现失误，就算离得更远一点也没问题。

正因为如此，她们才能做到用手枪接住从远处投来的弹匣这种杂耍般的动作吧。

"喂！这可是在旁人家中！"

咲说出有些古风的话，之后又继续解释起来。

"无奈的教练这么对我们说'你们先要成为一支团队，之后再说其他'，我们开始思考该怎么办，得出的答案就是……"

"对，就是玩游戏。"

"没错！组队来玩VR游戏，不就可以一起向同一目标前进了嘛！而且还是另一个世界里的虚拟角色，也可以将现实中的障碍暂时忘掉。"

"噢……"

香莲半是吃惊半是感动地听着。

说到现实中的障碍，香莲也一样。她因为个子太高，无法直面现实中的自己，只能逃进虚拟世界里。

"我们一开始玩的是别的VR游戏，以无人岛为舞台，大家一起去冒险。不过，才一周左右就玩腻了，彼此间的关系也没有变好。就在我们觉得玩游戏也没用的时候，听说了GGO。就想着干脆就去玩个离现实中的我们最遥远的射击游戏好了。"

"原来如此。然后试了一下就发现效果不错……"

"是啊！用枪射击怪物或是相互厮杀什么的，实在太过脱离现实，一下子挺难接受的。可是，玩着玩着，我们所有人都入迷了……还组成了一个名叫'新体操俱乐部'的中队，在时间允许的情况下继续玩了下去。"

所谓中队，就是队友们在GGO里组成的队伍，相当于奇幻系游戏里的公会。

"虽说一直有争吵，但在经历过许多事后，就变成了现在你看到的这样。大家一起和怪物及其他玩家战斗，无数次死里逃生，关系也就变得越来越好！"

"这太棒了！"

香莲笑着说，又想道：虽说她们是为了加强队伍凝聚力才开始玩游戏的，但能在SJ里赢得第二名，也真是很了不起了。自己能拿下冠军，是因为有M的支援，还有好运气的加成。

"因此，为了在可能还会举办的第二届SJ里夺得冠军，接下来我们也会继续努力的！"

"咦？不是为了社团活动吗？"

"当然也有那个原因！所以，在接下来的战斗中我们为什么会输，就请香莲小姐……不，是请粉红色的杀戮少女莲，来做出毫不客气的辛辣点评吧！

"拜托了！"其余五人也附和道。

"我、我知道了……"

香莲苦笑着答应。

在之后的约一个小时里，香莲一直在观看自己的虚拟角色和六名女高中生的虚拟角色之间展开的殊死战斗。

录像不断回放，拍摄角度也时常变化，香莲一直耐心地回答新体操社提出的问题。

莲最初和SHINC战斗的湖边——

"嗯，被托玛狙击的时候我还以为已经不行了。那次狙击真的很厉害，若是击中的位置再往上偏一点，我就会被判定为立即死亡。多亏当时M反应迅速，我才能得救。"

莲登陆荒野之后——

"嗯？在这里出现的内讧……嗯，该怎么说呢……他的情况我不能说，我们的确因为一些误会而吵架了，他不想继续参加SJ，就想要杀掉身为队长的我，然后投降。不过，那个误会后来也解开了，最后他也参与进来了。虽然原本并没有什么利用队长当诱饵的作战计划，但从结果来说，那的确是我们取得胜利的原因之一。真不可思议……"

莲在荒野中的最初一战——

"和塔妮亚的战斗啊，我觉得是因为我身形更小，所以才赢了。真的只差一点点，我都听到子弹飞到身后的声音了。"

莲被老大击中时——

"老大的消音枪真是吓了我一大跳！那个武器好恐怖啊！我当时完全没有察觉，就这么踩进了你们的陷阱里，实在是太过大意了。如果当时打中的不是弹匣，我肯定会死在那里。"

莲从机关枪的弹雨中逃出来时——

"我完全不知道引爆等离子手榴弹会形成守护屏障。只是当时没有其他办法了，就尝试了一下而已……"

莲开始反击，打倒安娜之后——

"在被罗莎瞪着又用机关枪指着时，我以为要不行了。那是我在那一天里第几次这么想了呢……之后，M的狙击没有触发弹道预测线，他是凭自己的技术来瞄准的。虽然听起来很像作弊，但也没办法。"

莲和老大展开激烈的单打独斗时——

"胸口被击中，却因为扫描终端得救……这完全是碰巧。我猜这法子从下一届开始大概就行不通了，因为大家都会模仿。"

最后的决战——

"啊，嗯，小P是P90的名字……啊！你不用在意的！是我自己用它来挡子弹的！我会重新买一把相同的枪！然后再次涂装成暗粉色！"

转播录像鉴赏会和咲等人的检讨会结束后。

"还有零食……要吃吗？"

香莲问道。

"我们开动了！"

六人都露出无忧无虑的笑容，异口同声地给出回答，没有任何不和谐的声音。看得出来她们感情非常好。

香莲买的零食能堆成小山那么高，现在全拿出来了。

她还想着可能买得太多了，如果有剩的就给外甥女或是自己吃掉。结果今天似乎就能吃光。

明明大家都这么瘦，却挺能吃的，而且没人发胖。不愧是运动社团。

咲右手拿着清汤味的薯片问：

"香莲小姐，我就直接问了。如果再举办第二届SJ，你还会参加吗？"

"嗯……"

香莲停下去拿咸海带的手,思考起来。她喜欢吃咸海带,因此买了很多,但其他六人却没怎么吃。

她在第一届SJ里漂亮地赢得了冠军。想一想那之前的自己,这冠军简直就是超乎想象的奖励。她已经十分满足了。

但同时,SJ也给她留下了许多课题。比如说好几次都因为自己疏忽大意差点被杀,以及失去了P90。

如果还有下一次比赛,自己应该能做得更好,香莲心中暗藏着这样的想法。那种大规模的小队战斗大赛只此一家,虽然也留下了许多可怕的记忆,但无法否认,大闹一场并取得胜利确实很开心。

如果Pitohui邀请自己再和M组队……

香莲也这样设想过,但一想到上次SJ决战时M的异常行动,以及大概是罪魁祸首的Pitohui,她就不太敢那么轻率地和他们一起参赛了。

不,老实说,下次就算接到邀请,她拒绝的可能性也很大。不过香莲没打算就此不玩GGO。

就在SJ结束的第二天,Pitohui发来了一条非常简短的祝福留言:恭喜夺冠!自那之后,她就断了联系,是在忙工作吗?

M也没有发来什么留言。不过,香莲也没什么要说的,就断联了。

"第二届……若是没有什么特殊情况,我参加的可能性就很低了……虽说还留有许多课题,但也无法否认我已经有完成任务的感觉。另外,我和M当时也只是临时组队而已。"

香莲如实告知。

"这样啊……感觉既高兴又遗憾。高兴的是强敌缺席,遗憾的是我觉得下次我们一定会赢你。"

咲代表新体操社说道。

香莲感受着在后方盯着自己看的少女们的斗志，想着：认真程度完全不一样，要是下次再和她们遇上，我绝对会输。

"不过，就算有第二届，也不会这么快就举办吧？"

"这个嘛，我也不知道。像第一届那样，只要有人出钱，举办起来不也特别简单嘛！"

"原来如此，得看赞助商。"

到此，大家暂时停止讨论有关SJ的话题。之后直到下午五点左右，一直是女生的茶话会时间。

话题从现实跳到GGO，之后又跳回现实中。

新体操社的女孩们说了不少自己的情况，同时也问了不少香莲的情况。

香莲也特别自然地说起自己的身高自卑，以及开始玩GGO的原因。

随后，她又说到自己为了彻底斩断烦恼，没有告诉任何人就干脆地去剪了头发。结果把住在楼上的姐姐、姐夫吓得差点跳起来，怀疑她失恋了，一直抓着她刨根问底。

香莲回想了一下，关于折磨了自己近十年的身高自卑，除了老朋友之外，她应该还没有对别人说过吧。

现在竟然这么爽快地告诉了刚认识不久、比自己年纪还小的女孩们。

对于GGO和SJ给自己带来的改变，香莲到现在都觉得很不可思议。

"面对烦恼的事情，越苦恼就越折磨自己，全部抛开就好。就像扔东西一样，丢掉就好了。只要抛开了，就不需要再去烦恼要不要抛开。"

香莲听到过这样的话，而现在，她一点一点、真实地感受到了这句话的正确性。

"那个是P90吧！我可以看看吗？"

"我也想看！"

"还有我！"

六人央求着要看挂在衣架上的气枪版P90，还异口同声地说：

"这还是我们在现实中第一次摸到枪型的东西！"

也是，这可不是女高中生会买的东西。香莲同意了。

再说，这本来就是面向十八岁以上人群的玩具。

而且，也没有多少女大学生会买这个。

之后几人又说到现实当中的爱好，香莲就向六人提起了自己现在最喜欢的原创型歌手神崎艾莎。

真不愧是人气疾速上升的神崎艾莎，所有人都知道她。

香莲没买下神崎艾莎的所有专辑，不过机会难得，她就放了神崎艾莎的专辑当背景音乐。

"我还想去看演唱会的，但门票实在太少了，不管订多少次都订不到。"

香莲发了句牢骚后，咲也说了句很符合女高中生身份的话：

"等以后有票了再买就好！最近的演唱会门票实在太贵了！零用钱还要用在其他很多地方，反正我们是不可能买得起的！GGO的点卡就要花不少钱！"

大家都用力点头表示同意。

的确，光是GGO每个月就要花三千日元了。对于女高中生来说，这算是一笔不小的开支了。虽然有些迟，香莲才终于意识到自己出生于富裕家庭的这个事实。

接着话题又变了。

"香莲小姐，你已经放春假（**注：日本的学校正式进入新学年一般是在四月份，在那之前会放春假**）了吗？大学可真好……"

咲等人露出怨恨的表情，她们还要再上一个多月的课，直到三月下旬才放假。

不过，这些孩子再过两三年也会进入同一所大学，成为香莲的学妹。

"已经放春假了。我准备这个星期回北海道。"

"好羡慕啊！可以随便深潜了！"

留着齐肩短发的和风美少女诗织说道，但香莲摇了摇头。

"我要回家，期间不能玩游戏。也不会带AmuSphere回去。"

"哎呀，这样。"

"要是被父母看到我在玩游戏，会很麻烦，他们应该是知道SAO事件的，所以我暂时不玩GGO了。"

"在这期间，我们会锻炼得更强的。"

诗织观察着香莲的表情说。

其实大家现在就已经很强了。

香莲回想起诗织的虚拟角色，机关枪手罗莎的样子。

"加油吧，你们肯定能在下一届SJ里夺冠！"

她带着爽朗的笑容说道。

"嗯……其实我还是希望你也能参加……"

咲说出了自己的心里话。

第二章　第二届Squad Jam

SECT.2

第二章 第二届Squad Jam

和新体操社女生们的谈话会结束的两天后，2月17日，香莲回了北海道。

香莲回到北海道时正赶上寒潮来袭，室外温度已低至零下二十度，家里却比东京要暖和得多。

看到香莲剪了短发，父母非常吃惊，看来姐姐并没有告诉他们这件事。

香莲一直被父母追问剪发的原因，但她不可能说出"我在和人厮杀的虚拟游戏里和许多人大战了一场，最后用匕首割了别人的脖子，所以觉得……能彻底抛开烦恼了"这种话。

她也没有失恋。就和应付姐姐那时一样，费了好一番功夫才搪塞过去。

正如香莲对咲所说的那样，她没有把AmuSphere带回来，玩不了GGO。

装有软件的笔记本电脑能联入游戏查看留言，Pitohui和M都没有发来消息。香莲有些在意，但并不打算积极主动地去打听。

倒是老大伊娃，咲发来了一条全是感叹号的哭嚎留言。

"期末考试太难过了！我好想再去你家里聊天啊！好想吃零食！还想玩GGO！想开枪！"

香莲已经给过她手机的电子邮箱，她还是用GGO的留言功能来发消息，真是很符合咲的作风了。

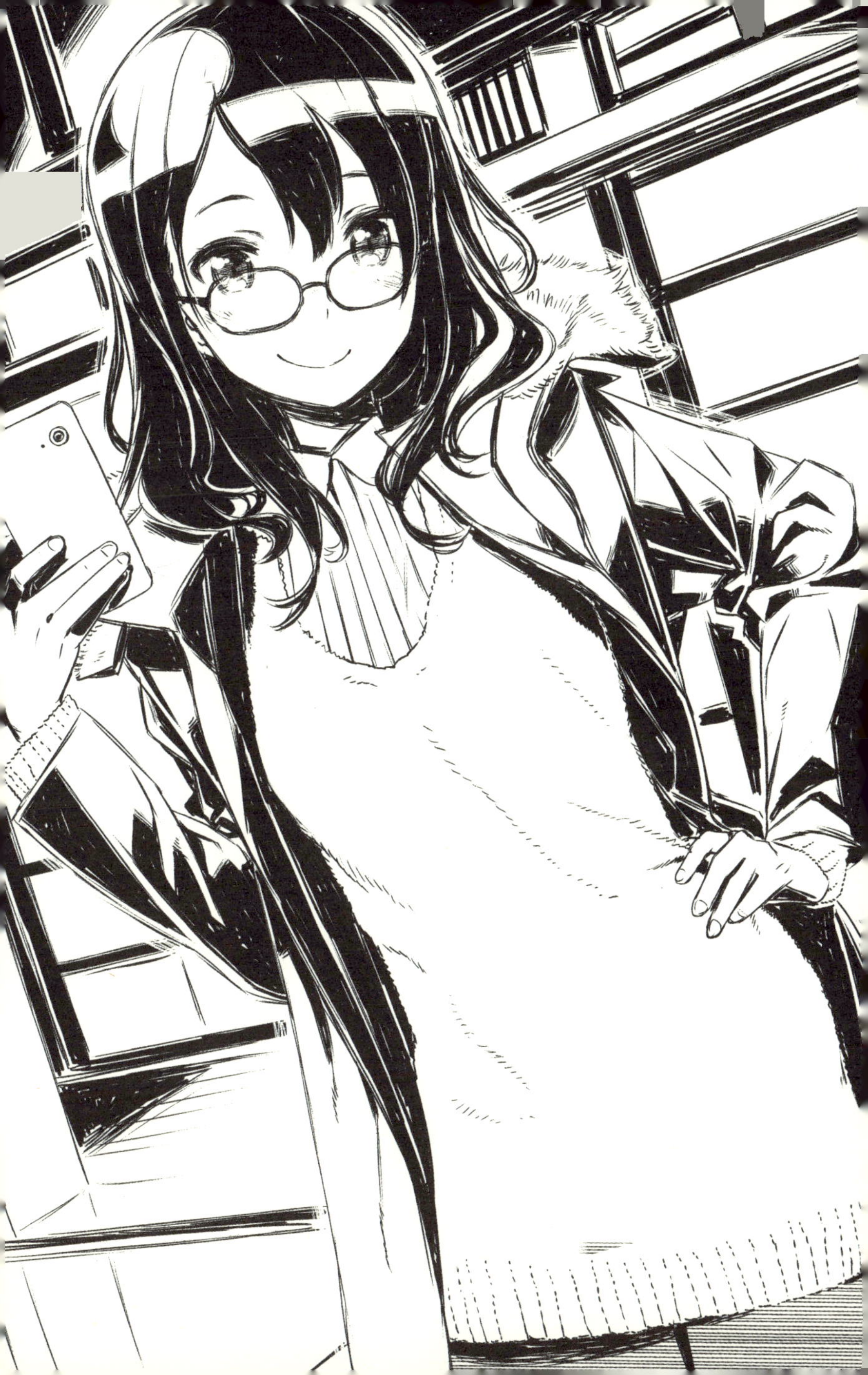

* * *

一星期后,2月24日,星期二。

"嗨!小比!欢迎回到北海道!东京肯定很冷吧,嗯?"

高中时结交的好友筱原美优结束了海外旅行,到香莲家来串门了。

她正是去年夏天,从头教导香莲VR游戏相关知识的游戏前辈。如果没有美优,也就没有现在的香莲和莲了吧。

"嗯!短发很适合你,很好很好!我可以拍照吗?可以吧?来来,向后转!好了,向前转!很好!要不要脱几件衣服?"

美优之前只看过香莲的短发照片,实际看到人后嬉闹了一番,一直用手机给香莲拍照。

"你才是,又变了不少。真不错,很适合你。"

"是吧?我就是什么造型都好看。"

美优常常随着心情改变发型,今天的发型是带波浪卷的中长发,头发也染成了比以前更明亮的棕色。美优今天没有戴隐形眼镜,而是换上了红色框架的眼镜。

她比香莲矮,但实际身高也有一米六五,在日本女生中偏高。她初中和高中都一直待在网球部,因此运动细胞很发达。

美优上的是北海道本地的大学,她还是个只要有网就没有一天不玩游戏的重度虚拟游戏玩家。

她最近一直在玩的是 *ALfheim Online*,简称ALO。

在ALO中,玩家会变成长着翅膀的妖精,在美丽多彩的奇幻世界里飞翔,使用剑与魔法和怪物及异种族战斗。

香莲一开始想和美优一起玩,就先选择了ALO这款游戏。但那时她初次生成的角色是个高个子美女，她因此大受打击，对那款游戏彻底失去了兴趣。

另外，在VR游戏里，除了极个别系统错误的情况之外，玩家在现实中的性别和虚拟角色的性别肯定是相同的，不会出现女玩家变成男角色的情况。

美优在ALO里是一名风精灵，顶着不可次郎这个角色名飞来飞去。

要说她为什么起这么个奇怪的名字，因为这是她家养的狗的名字。

而说到命名的理由，她小时候想养朋友家出生的小狗，为此多次央求父母，却总是被拒绝，一直得到"不可"的回答。那是一只公狗，她家里过去养的文鸟又叫筱原太郎，后来那只狗就被当成次子来疼爱。

爱犬不可次郎在美优的疼爱下和她一起长大，并在去年寿终正寝了。然后她就在VR游戏里沿用了那个名字。

香莲不想被家里的父母听到VR游戏的话题，就换了个地方和美优聊天。

两人去了高中时常去的、令人怀念的卡拉OK，然后尽情地聊起了SJ。

美优已经看过莲在SJ中夺冠的录像了。

"哎呀！你的战斗风格如同鬼神一般！大杀四方！太棒了！我没白费工夫教你！真厉害！"

美优高兴又激动，一直追问香莲战斗的情形。

对于奇怪的Pitohui和M，香莲在要求美优保密的前提下，就把自己遇到他们和SJ中发生的事都说了出来，当然也包括那两人在现实中似乎关系很好这一点。

"嗯，总之，VR游戏世界里有很多怪人，不过只要你没暴露现实的住址姓名就不用担心！"

美优说了一句让香莲心里踏实的话。

既然没必要担心，香莲也能暂时松一口气了。

美优极度沉迷ALO，她的不可次郎经过长时间的培养，不仅拥有威力惊人的剑，角色也相当强大，再加上奇怪的名字，在ALO里算是个名人。

"天外有天，人外有人。偶尔也会碰到很厉害的家伙。比如说，不久前那个以十一连击的OSS（Original Sword Skill）来召集决斗对手的家伙，就强得过分。"

在ALO的战斗中，飞来飞去的角色不仅能用剑，还能使用魔法。香莲对战斗详情不是很清楚，但"天外有天，人外有人"这一点她非常同意。

不可次郎最近用赚到的尤鲁特（ALO里的货币）买下了自己所属公会的基地小屋。那里能安全的保管道具，因此，现在只要她愿意，随时都可以将角色转移到别的游戏当中。

玩家可以使用同一ID同一身份在VR游戏当中进行转移，转移后的角色会继承原角色的属性值。这个转移系统还是美优告诉香莲的。只是，道具和金钱无法带出游戏，需要有地方存放或是转交给能够信任的人。

美优现在已经满足了条件，只要她愿意，随时都能转移到GGO里去。

"不过，我暂时还是待在ALO里吧！小比也没打算离开GGO吧？毕竟小莲那么娇小那么可爱！"

没错！太可爱了才不会把女儿交给别人！

香莲像一位老父亲一样用力点点头，然后将话题转移到神崎艾莎身上。

从神崎艾莎出道起美优就是她的铁杆粉丝，直到现在，美优也一直很想去参加东京的演唱会。

上次演唱会碰巧是SJ举办的日子，因为没能买到票，香莲就参加了SJ。

"哎呀，下一次演唱会是什么时候呢？艾莎现在好像在休息。博客也完全不更新，据说是在国外。她待的公司不是很小的事务所吗？工作人员也完全不提供信息。唉，真没辙，所以我们来唱歌吧！"

香莲不明白"唱歌"和"真没辙"之间有什么因果关系。

两人开始唱起神崎艾莎的歌，直到包厢到点，喉咙沙哑了才停止。

* * *

远离东京的拥挤和GGO里的硝烟味道后，香莲一直和美优及高中时期的其他女性朋友们一起玩乐，悠闲地度过了春假。

时间进入三月。

3月4日，星期三，离大学开学和北海道的春天都还很遥远。

吃过午饭后，香莲家里那台连着网的笔记本电脑收到了GGO发来的留言。

她想着"是什么呢"，点开就发现是运营方ZASKAR发给所有玩家的信息。

而且内容很惊人。

那是一则通知。

通知所有玩家，第二届Squad Jam即将召开。

第二届Squad Jam。

简称SJ2，可以这样念吧。

举办时间刚好是一个月后，2026年4月4日，星期六，下午一点开始。

虽然还是个人赞助的大赛，但赞助人不是上一次的作家，而是另外一名匿名的玩家。

基本规则和上届SJ几乎一样，可也有些许调整，需要点开链接自行查看。

冠军奖品还在讨论中，会在报名截止前发表。

现在是参赛者报名的阶段。

报名截止时间是4月1日的正午。当参赛队伍达到三十支以上时，将在大赛前一天晚上八点举办预赛。

不过，上届大赛前四名小队队长所属的队伍将被列为种子队，无须参加预赛。

那么，适用这一条的就是第四名的职业队，第三名的骷髅徽章队，亚军，咲领头的女生们，即附属高中新体操社。

以及香莲自己。

冠军莲。

香莲吓了一跳

竟然真的要举办第二届Squad Jam，而且就在下个月。

她看着屏幕发了一会儿呆，随后又一声提示音响起，通知她有新的消息。这游戏默认的提示音是枪声，让人不知道该感到佩服还是无奈，虽然这声音可以更改。

是谁呢？

难道是……Pito？要命令我参加？如果是那样，我该怎么办？参加还是拒绝？就算参加，之前在SJ里发生的事又该怎么处理？要问吗？要打听吗？还是闭口不谈？

心跳加快的香莲点开留言后，发现那是咲发来的。

标题是——

"你看到官方通知了吗？要举办SJ2了！"

嗯，看到了。

她在心里回答，然后往下看内容。

"当然都会参加啊，我们所有人！刚才那是倒装句！我们就是为了这个训练的！考试也结束了！马上就放春假了！幸好我们不用参加预赛！如果你改变心意来参赛，我们会非常高兴的！我很想再次看到莲斗志昂扬的英姿！我想战斗！我想开枪！我想厮杀！还有，我想吃零食！有空再找我们去玩吧！"

真是充满了战斗啊，厮杀啊等危险词句的留言，充分地表达出她们十足的干劲。

不过——

"我不参加也没关系吧……"

香莲根本提不起劲。

再说了，她也没有可以组队的人。

虽说也不是不能主动联络Pitohui和M提出组队请求，但香莲没有那种心情。

若是反过来，对方和自己联系的话……就到时候再说吧。

目前为止，她并没有积极地考虑过参加SJ2这件事。

得出这个结论后，香莲就把SJ2的事抛到了脑后。

* 　* 　*

十多天后。

春假即将结束,和美优玩了整个假期后,香莲在3月15日,星期天搭乘飞机回东京。

她要为新学期做准备,还想看看没有见过的东京的春天和樱花。这些都是理由,但最重要的一个还是——

"太久没拿枪射击了……"

她想玩玩久未上线的GGO,想变成小不点莲。

香莲搭乘的是早得令父母无奈的早班机,到达东京时还没到十点。

她决定一回到房间就尽快深潜,迈着轻快的脚步拉着行李箱回到了公寓门前。

香莲在高层公寓的门口刷了门卡,又对眼熟的执勤警卫轻轻点头,走进打开的自动门里。

"……"

有人在用双筒望远镜观察她。

隔着公寓前的马路,两百米外有一座立体停车场。墙边停着一辆高级SUV(注:运动型多用途汽车),后车窗上涂有一层薄薄的烟灰色车膜。

因此,若不是离得特别近,估计无法发现有人在车内装有大型双筒望远镜。

车里的人转动着用吸盘装在车窗上的云台,架在云台上的双筒望远镜也跟着转动,随后便越过烟灰色玻璃锁定了新目标,一整套动作不带一丝犹豫，干脆利落。望远镜对准的是公寓十五楼的某个房间。

两分钟后，那间房间的窗帘从内侧被拉开了。接着，窗户打开，露出了房间主人的身影。是个身高一米八三的高个子女性。

大约三分钟后，大概是换气结束了，窗户被关上。随后，虽然还没到中午，厚厚的窗帘却再次拉上了。

车里的人将眼睛从望远镜前移开，立刻打开了笔记本电脑，启动一个软件。

屏幕上浮现出的图标是——*Gun Gale Online*。

那人在后座躺下，飞快地将AmuSphere戴在头上。

"开始连线。"

他在车里进入了GGO。

"找到了！大叔，我要买这个！立刻！马上！"

进到久别的GGO里后，披着深棕色斗篷的小不点莲找到了自己想要的东西。

"太好了！太好了！太好了！真是太好了！"

她像孩子似的欣喜若狂。

莲找了好几家小巷子里的小武器店，逛到第三家店时，一看到那把形状怪异的冲锋枪就立刻买下。

没错，莲买下的正是比利时FN赫斯塔尔公司的P90。和她在SJ里失去的搭档一模一样。

莲又当场提出特制委托，将它涂装成和战斗服及其他装备一样的暗粉色。

尽管从外表区分不出来，但这已经是第二代小P了。

名字就叫小P二世？还是小P二代？

那样太拗口，还是叫小P好了。莲将初代小P用过的肩带装上去，然后挂在斗篷下的肩膀上，又小心地抱着，开始在高楼和绚丽霓虹灯遍布的科幻世界里漫步。

在SJ里拿到冠军出名，一出现在城镇里就会有人来打招呼——这样的事并没有发生。

虽说莲总是披着斗篷挡着脸也是原因之一，但就和以前一样，别人顶多会因为她的小身板感到吃惊。SJ和BoB的规模果然还是不同的。

不过，这样也好。

莲这么想着，雀跃地走在路上。

今天能买到P90，她已经十分满意了，因此并不准备战斗，只打算做适当的射击练习后就返回现实。现在她前往的地方是有着宽阔射击场的商业大街。

"用小P开枪好开心！每分钟每分钟九百发！空弹壳掉下来！啊，好动听的金属声！"

周围没有人，她小声哼起了即兴作词作曲的奇怪歌曲。

莲高兴得有些忘乎所以，因此完全没有察觉到异样。

一个外表看上去很瘦的少年角色，从她逛商店时起，就一直跟在她身后。

*　　*　　*

3月16日，星期一。

今天虽然是工作日，但对还在漫长春假中的香莲而言，依然是休息的日子。外面的天空有些阴沉。

香莲将好久没打扫的房间打扫了一遍，又签收了从家里送来的快递。

"好闲。"

她无事可做了。时间才刚过中午。

深潜进GGO……

"还是算了吧……"

她要忍耐。

毕竟,昨天莲想着只做射击练习,在射击场里射击时却心痒难耐,很想大打一场,就选了个简单的地图去打怪物,结果一直玩了将近四个小时。

就算不玩游戏,她也可以学习大学的课程,看书,听音乐,或是用以上这些事情的组合来打发时间。

"要不去散步吧。"

香莲没有选择那些,她打算去附近散步,不过今天天气不是很好。她还带上了折叠购物袋,路上可以顺便买点东西。

她拉上房间的窗帘,关上灯,搭乘电梯下到一楼,然后走出大门。

"去公园好了。"

香莲向附近那处绿植很多的公园走去。

现在是白天,来往行人很多,她毫无戒备也没有注意到——

从她走出公寓起,就有一个男人一直跟在她身后。

香莲散了一小时左右的步,又顺路去超市买了食材才回家。

她走在一条狭窄的小巷子里。

她从附近的车站回家时,这是最短路线,巷子右边是公寓的墙壁,左边是并排的工厂。

若是晚上,香莲绝对不会走这条路,但现在还只是下午三点。高个子的她迈开长腿，以相当快的速度向前走着。

前方驶来一辆电动自行车，车上一名年轻女子载着一个孩子。香莲给对方让开道，女子冲她微笑一下就开了过去。

在目送她们离开时，香莲才初次察觉到异样。

有一个男人站在自己身后十米左右的地方看着自己。

香莲完全没想到自己身后有人，而且还是向着同样的方向前进。大吃一惊的她仔细端详起对方来。

好像演员啊。

香莲的第一反应是对那个男人外表的评价。

男人身高一米七五左右，虽然算不上特别出众（比香莲矮），但在日本也算是高个子了吧。

而且身材很好，穿着牛仔裤的双腿很长，穿着白T恤和皮夹克的胸膛也很厚实，是如同运动选手那样紧实的体形。

长相也很端正，可以称得上是英俊。目光有些锐利，但还不到让人害怕的程度。

在香莲看来，他的年龄大概在二十五岁到三十岁之间，头发很黑，长度及肩，有些卷曲，不知道是不是自然卷。

哎呀，不好。

香莲转回头，望向前方。

就算对方是个身材好的帅小伙，那样盯着别人看也实在太不礼貌了。她再次迈开自己的长腿向公寓走去。

四分钟后。

"……"

香莲再一次发现，那个男人还跟在自己身后十米处。

高层公寓近在眼前，在她人行横道旁等红绿灯时，那个男人又进入了她的视野，她才反应过来，对方一直跟在自己身后。

有点可怕啊……

香莲将警戒等级上调了一级。

虽说香莲比大多数男性要高，但她毕竟是年轻女性，会对陌生男性保持戒备也是理所当然的。

从最初见到对方的小巷子到这里，途中拐了好几个弯，比起两人走的方向碰巧相同，对方一直跟着这种可能性更为合理。

如果现在是晚上，香莲绝对会采取一些相应的行动。比如，跑去搭出租车，或是给别人打电话边说边走。只不过，如果是晚上，她肯定不会走那条路。

现在是白天，这里又是来往行人很多的大马路，再加上已经离公寓很近了，香莲冷静下来，在红绿灯变绿的时候开始走过人行横道。

过马路后左转，她前进了几步后，没有转头，只向那边瞥了一眼。

男人走过人行横道后……

哇，跟过来了……

他同样左转了。这下不会弄错，那个男人就是在尾随香莲。

到底是从哪里开始尾随的？难道是超市？还是在之前的公园里就一直跟着？

现在已经弄不清楚了，但若是对方一直跟着自己，那真是再没有比这更恶心的事了。对方长得好看这个加分项也会一下子降为负分。

快点回去吧。

距离公寓还有一百米左右，香莲逃跑似的迈步疾走。她强压下跑起来的冲动，努力装出冷静的样子。

大马路上有许多车辆行驶，也有行人或自行车和她擦身而过，她在这里应该不会被袭击，但香莲还是觉得脊背发凉。

如果这里是GGO，她都想转身拔出匕首了。但在现实中那么做的话，她立刻会被逮捕。

想要进公寓，需要用到只有住户才有的IC门禁卡。就算对方能进第一个门，大厅里也有女接待员和男保安。

如果那个男人要跟进门，只要香莲发出叫喊，总能有办法对付他。

就在她想到这里时，大概是脑内的电子信号出现了富余，香莲又想到了别的可能性。一个非常不好的可能性。

若是就这样进了公寓，那我的住址不就暴露了？

如果那个男人是在别处见到香莲尾随过来，那看到她刷门卡进入公寓，不就知道她是这里的住户了吗？

如果男人跟踪香莲的目的就是寻找她的住处呢？

噢，那个女人，虽然高大，但挺可爱的。是住在哪里？就跟在她后面看看。然后就可以每天等在门口前跟踪了，嘿嘿……

想到这里的香莲害怕起来，强行停止了想象。

公寓大门就在眼前了。

是直接走进去，还是从前方经过，以免身后的男人知道自己的住处呢？这是个问题。

但不回公寓，自己又该去哪里？找别的店打发时间吗？但如果对方一直盯着自己，又该怎么办？如果对方是个死缠烂打的跟踪狂呢？

呜哇！该怎么办！该怎么办才好，该怎么办才好，该怎么办才好……

就在香莲陷入极度混乱时——

"您是小比类卷……香莲小姐吗？"

有人向她搭话了。

"嗯，我是……"

香莲停下脚步，非常老实地回答。转过身后，刚才那个男人就站在她眼前。

"呀……"

她愣了一会儿，差点失声叫起来。

"请别叫喊！莲！是我！M！"

就在香莲要叫出声时，男人的话压下了她的叫喊。

这到底是怎么一回事？

香莲的脑袋依然是一片混乱。

她现在在公寓的观景室。

这里位于高层公寓的三十楼，是所有住户都可以进入的公共空间，位于建筑物的一角，装着大大的窗户，是个像大厅一样的宽阔房间，房间里摆放着桌子和沙发，以及饮料自动贩卖机。

不过只有在举办烟花大会的日子，这里才会挤满人，因为能看见远处的烟花，平时几乎没有人来。老实说，这里其实是个会让人好奇它为什么而存在的空间。

这整齐摆放着沙发和桌子的空间里，只有香莲和那个男人。

几分钟前，在公寓一楼大门前——

"请别叫喊！莲！是我！M！"

"啊？难道是……"

听到男人的话，香莲不由得提高了声音。

一个骑自行车的大婶正好经过旁边，吓了一跳，车把摇晃起来。虽然没有跌倒，但也非常危险了。

可是，香莲无法忍着不叫。

眼前这个长得像演员一样的跟踪狂，是M？

是那个在SJ里和自己一起战斗的人，是操纵那个如同健美爱好者满是结实肌肉虚拟角色的玩家？

真不敢相信。

不，虚拟角色和玩家的外表不一样是很正常的。

毕竟自己这个身高一米八三的高大女人操纵的虚拟角色就是个身高不足一米五的小不点少女。

但问题并不在这里。

"你是操纵M的玩家……可你为什么会知道我是莲？你是怎么知道的？"

香莲连声问道。

莲是小比类卷香莲，知道这一点的人就只有美优和新体操社的女生们而已。只在GGO里见过两次的M不可能知道这个。

提问的时候，香莲就等于承认了自己是莲。这是她的一大失误，但她的脑子没转得那么快，还没能想到这里。

"之后我再解释。我有非常重要的话要说，所以才来找你，现实中的莲，香莲小姐。这里不方便，得先找个没人能看到和听到的地方，我们才好冷静地谈一谈。"

自称M的男人严肃地板着一张帅气的脸，这么说道。

香莲用看骗子的表情问他：

"如果我拒绝呢？"

男人立刻回答道：

"那么，在下个月4号，第二届Squad Jam召开的晚上，就会有不幸发生。"

虽然香莲非常不相信对方，却也无法坐视不理。

"要是有什么不对，我会立刻大叫！"

香莲这么说后，才带着男人去了观景室。

她不可能带人去自己房间，这里应该是没人在的。事实也的确如此。

这栋公寓是附近最高的公寓，上到三十楼后，只要不过于靠近窗边，也不需要担心会有人在隔壁大楼偷看。

这到底是怎么一回事？

香莲的脑袋依然是一片混乱。

走进观景室后，她为了让自己冷静下来，就想去自动贩卖机买热红茶。这时，男人从旁边插进来，硬是用手机付了钱。

"这是你同意听我说话的谢礼。我请你。"

"那可真是……多谢了。"

香莲喝了红茶，却食不知味。看来没什么效果。

自称M的男人买了罐装黑咖啡，很享受似的喝着。

是因为自己勉强同意听他说话了，所以产生了成就感吗？

香莲长长地叹了口气，带着怀疑的目光问道：

"你真的……真的是现实中的M？"

虽然对方很有礼貌，但她并不想对这个可疑的男人以礼相待，说起话来就很不客气。

"是的。"

男人那张英俊脸上的眼睛严肃认真地盯着香莲，点了点头。

当然，香莲不会只凭这一句话就相信对方。她也顾不上失不失礼了，直接问道：

"证据呢？"

"没有。"

男人立刻回答。

"啊?那你怎么让我相信……"

"没有就是没有,我不能说谎。"

香莲非常无奈。

"你可以说一说我和M在SJ里说过的话啊……"

她甚至开始替对方解围。

虽说他们在SJ中的战斗被转播出去,但只要不是有意识地对着镜头叫喊,声音就不会被录进去。所以,M当时说过的话就只有莲听到。

可是——

"那些根本当不了证据。"

男人干脆地否定了。

"就算我在这里说'莲在SJ里对我这样说过',说不定也是从真正操纵M的玩家那里听来的详情。"

"……"

确实有那个可能,但这话不该由需要得到证明的人来说吧。

香莲更无奈了。

"所以,你只能相信我说的话。"

"这可真过分!"

"的确是这样。"

"……"

香莲很想现在就丢下这家伙不管,自顾自回家去。

但她还是打消了那个念头。毕竟,"SJ2那天会有不幸发生"这句危险的话让她很担心。

且她还有一个疑问。

"那我退一步，相信你是M……我可以问一个问题吗？不，我一定得问。"

"请说。"

"你是怎么知道我叫小比类卷香莲，以及我就是莲的？而且，你又为什么会知道这个地址？这都是不可能的事吧！"

在网络游戏当中，有些人会在对话和态度中给出许多提示，因此暴露出现实信息，也就是被人发现现实世界里的个人信息。

Pitohui也曾反反复复地告诉莲：

"说话时一定要注意！说之前先想清楚那能不能说！"

就在上个月，香莲亲身体会到了这一点。

咲发现了香莲就是莲。香莲也是，一开始并不确定，但也发现了咲就是伊娃。因为她们给了彼此许多提示。

香莲给出的提示是，拼尽全力做了一些让自己感到痛快的事并彻底抛开烦恼，以及最关键的，书包上挂着不像是一般的女大学生会挂的粉红色P90钥匙扣。

咲给出的提示是，擅长抛接动作的新体操社六人组和"老大"这个绰号。

那么，香莲又给了这个男人什么样的提示呢？

先不提和角色名相似的香莲这个名字（这个也算不得简单），难道还有什么能让人明白自己的姓名、模样、以及住址的提示吗？

她完全没有那样的记忆。

"难道……你是ZASKAR的人？"

香莲突然想到，就脱口而出了。

有一点点那种可能。若是运营方，或许能从游戏ID、电子邮箱等查到姓名和住址。

事实上，香莲为了收取SJ的冠军奖品，也向ZASKAR发送过个人信息。

男人干脆地摇了摇头。

"不是。"

"那到底是为什么？你怎么知道我的姓名和住址的？"

"……"

男人沉默了几秒钟。

"现在还不能说。"

他只说了句"之后再解释"。

香莲真希望自己口袋里装有吐真剂，或是有能指着对方喉咙的枪。

"不过，恳请你听一听我接下来要说的话。这很重要，非常重要。"

"我在听，你要说就说吧。"

香莲感到非常无奈，只敷衍地回答了一句。

"对了，在那之前，你叫什么？我是说，户籍上的名字。"

只有对方知道自己的全名，这让香莲很不高兴，于是她态度粗暴地这么问道。

"抱歉，忘了。我叫阿僧祇豪志。阿僧祇就是无数的意思，阿苏山的阿，僧侣的僧，祇园的祇，豪志就是豪迈的志向。"

从他解释得很流畅的模样来看，香莲感觉这不是假名。不过，也有可能是他已经习惯使用假名了。

"阿僧祇豪志先生。那么，我该用哪边的名字来称呼您？"

香莲嘲讽似的使用了敬语。

"哪个都可以。"

那个男人——豪志倒是回答得很爽快。

香莲无奈地说：

"好吧……在现实里叫现实的名字才符合规矩，我还是叫你豪志先生吧……"

总之，若是发生了什么事，或是离开这个房间后需要报警的话，可以告诉警察"阿僧祇豪志"这个名字——她这么想。

这个姓挺少见的，应该不会有多少重名的人吧。她已经记牢了。警察，就是这个人，虽然也有可能是假名。

豪志将帅气的脸转向香莲，说道：

"香莲小姐，请你帮帮我。"

"……"

香莲没有做出反应，只是露出冷冷的表情，继续认真地听对方说下去。

"在这个世界上，只有你能做到那件事。"

这是什么话！说服人时用的套路吗？

香莲这么想着，没有作声。

"如果你不肯帮忙……"

就会怎么样？

"就有两个人会出事。"

为什么？谁？出什么事？

"其中一个是我，另一个是现实中的Pitohui。"

"什么！"

听到Pitohui的名字，香莲有了反应。

"之前在SJ里你说过什么'会在现实里被Pitohui杀掉'之类的话！是那个的后续？"

"正是如此。当时我说过的吧？Pito已经不正常了。"

"当时你还哭得稀里哗啦的。"

香莲想起了讨厌的一幕——肌肉壮汉那张涕泪横流的脸。

"Pito会参加这次的SJ2,和我一起,再加上召集的队员。"

"你想让我加入你们小队?"

原来如此!事情的原委终于明了了!

也就是说,是这么一回事——

莲还没有表明参加SJ2的意愿。如果她加入Pitohui的队伍,那支队伍就能成为种子队,无须进行预赛。这个人就是来拜托我这件事的。

不,事情不会这么简单……

香莲又否定了自己。

对方不会因为这么单纯的理由就做出那种像是跟踪狂一样的事情来,只要正常的发来留言就足够了。就算要打预赛,他们也能轻松获胜。还有那什么豪志和现实的Pitohui会出事之类的话,简直莫名其妙。

"应该是我猜错了,你继续说吧。"

"好的。这次的确没有打算邀请莲进小队。另外,这也不是自夸,我们要通过预赛是没什么问题的。"

"也是。你和Pito组的队伍嘛,肯定很强。大概……是有希望拿到冠军的吧。"

香莲之所以没有断言他们一定能夺冠,是想到了新体操社的女生们。

上一届的亚军SHINC也下定了决心要努力夺冠,这次肯定会大闹一场,绝对也是夺冠的热门队伍。另外,SHINC是新体操俱乐部的简称,这是咲说的。

Pitohui小队和咲小队,到底哪支队伍会获胜呢?

香莲没想过要参加SJ2，但也想着，到了那一天深潜进GGO里去酒馆看实况转播。

这些都暂时不管，现在还是先听听豪志要说的话。

"Pito是为了夺冠参加SJ2的。除了冠军，其余的名次对她来说都没有意义。"

"很像她的作风。"

"所以……她在坚持一件事，如果没拿到冠军就……"

"啊？"

"Pito……不，现实中的Pito是这么说的'如果没能在SJ2里拿到冠军，或是在游戏里被杀了，我就会自我了断'。"

"……"

"然后，我也一样。如果我不动手，她也会动手的。"

"……"

"而且，那个女人一旦说了要么做，就真的会去做。"

"就像她之前威胁你时说的一样？"

"是的。"

看到豪志用力点点头，香莲惊呆了。

真没想到，她曾在SJ中烦恼的事，现在会再一次让她烦恼。

香莲回想起突然指向自己的手枪——HK45那大大的枪口，以及它发光的样子。当时的情形，她现在都能清晰地回忆起来。

若是她当时没能避开……现在的香莲或许还留着长发吧。

正因为她避开了那一击，又用P90指着M追问，M才说出了Pitohui的情况。

老实说，她无法理解，现在也一样。

当时，无奈的莲只得自己单独行动，结果M也没有死，最终就平安无事地过去了。而现在，操纵M的男人来到了她面前。

当然，还要加上"如果真是他本人的话"这个条件。不过，听到这里，香莲已经否定了"他是假冒的"这个可能性。

这些危险发言说得有点多，香莲就四下张望了下。

观景室内如果有人进来就会有开门的声音，但她还是十分谨慎。刚才那些话，的确不适合在有其他人的地方说。话虽如此，她也没有想过带豪志回自己家。

"豪志先生……"

"你说。"

"Pito……为什么会给自己加上那种奇怪的要求？若是在游戏中死去就要……她为什么要那样……"

脑子不正常吗？

香莲压下了自己想说的话。

"我在SJ里说过的吧？她脑子不正常，已经疯了。她被'死亡'囚禁了内心，总是向往那种赌上性命的比赛。"

"……"

到底该不该问她变成那样的理由，香莲很烦恼。

不过，如果不问，谈话就进行不下去了。她在心里希望豪志也不知道理由，问道：

"那又是为什么？"

豪志反问道：

"你知道 *Sword Art Online* 吗？"

第三章 SAO失败者

SECT.3

第三章 SAO失败者

"你知道*Sword Art Online*吗？"

豪志问。

"当然知道。"

香莲立刻回答。怎么可能不知道。

Sword Art Online，简称SAO。

四年前，2022年11月6日正式开服的世界首款VRMMO-RPG（大型多人在线角色扮演游戏）。

而就在那一天，深潜进游戏的约一万名玩家都被囚禁在了游戏世界中。它成了恶魔的游戏。

天才开发者茅场晶彦在SAO里设下了可怕的陷阱。

玩家无法自主退出游戏，若是游戏内的角色死亡，或是有外部的人强行中断玩家的深潜，那么玩家戴在头上的初代家用VR游戏机"NERvGear"就会发出强电磁脉冲灼烧大脑，杀死玩家。SAO成了真正的死亡游戏。

茅场晶彦指出的救助方法只有一个，就是打通关那个游戏。

香莲不清楚详情，但在经过长达两年的时间后，SAO被打通关了，被囚禁的人才得以返回现实世界。

可是，不是所有人都回来了。据说有近四千名玩家殒命。

活下来的人就像是经历过一场巨大事故或大规模灾难的生还者，被称为"SAO生还者"。

若是游戏里的角色死亡，玩家也会死亡，真正的死亡游戏，这就是SAO。

豪志怎么突然问起这个。

"啊!"

香莲的脑海里浮出一个假设。

Pitohui被死亡夺走了心,总想进行没必要的赌命游戏……

难道……

不过,若是那样,她会那么强大的原因,会被死亡囚禁的原因,就都说得通了。

之前Pitohui曾经说过"我在SAO事件解决之前就开始玩VR游戏了",那其实指的就是SAO吧。

"那个……你老实告诉我……Pito难道是……SAO生还者吗?她在那个游戏里度过了残酷的两年……才患上了精神疾病……到现在也无法忘记那些真正的赌命行为……是这样吗?"

香莲小心翼翼地问道。

"不是。"

豪志用力摇了摇头。

"并不是那样,Pito不是SAO生还者。"

原来她并没有背负那种残酷的命运。

香莲放心了。但听到豪志的下一句话后,她的心又不得不再次提起来。

"是相反,正相反。"

"啊?"

香莲听不明白,只能问道:

"'相反'是什么意思?"

"Pito和SAO生还者正相反——我也不知道有没有这种说法,真要说的话,她是'SAO失败者'。"

"SAO失败者?"

"对。"

豪志严肃地点点头，然后用那张足以登上时尚杂志封面的帅气脸庞看着香莲，问：

"话题可能有些跳跃。香莲小姐，你知道内测版还有内测玩家吗？"

"嗯……有点印象，似乎在哪听说过。"

"那我先来解释一下。所谓内测版，简单来说，就是指软件虽然还在开发中，但已经完成到一定程度的游戏版本，而对其进行的测试就是内测，进行测试的人员就是内测玩家。通过内测，能够找出软件有问题的地方，并反馈到正式版当中。"

"原来如此……"

"SAO在正式运营之前也进行过内测。通过抽签选出的一千名玩家，能够比其他人更早尝试世界第一款VRMMO游戏。而且，他们还能优先购买第一批发售的正式版，很容易就能进入到那一万名玩家当中。"

既然是会申请参加内测的狂热玩家，那绝对会在正式版开服那天的那一刻就去玩吧。香莲这么想。

她也想起来了，以前美优说过：

"如果我事先知道SAO的话？当然是想尽办法买它，绝对要在一开服的时候就玩到它啊！想想也是可怕。"

豪志又继续说：

"不过，在拿到正式版的一万人当中，也有人碰巧在现实里有重要的事，无论如何都无法在2022年11月6日那天参加。他们也只能哭着放弃游戏。"

"那、那么……"

听到这里，再加上SAO失败者这个词，香莲的头脑中浮出了答案。她向豪志确认道：

"Pito就是参加了内测，拿到了正式版，却无法在当天玩游戏的其中一人吗？"

这次，豪志用力点了点头。

"是的。Pito是SAO的内测玩家。身为幸运的千人之一，她戴上了NERvGear，一直在疯狂地玩SAO。当然，她原本也打算在一开服时就去玩正式版的。"

"可是，她没能参加……"

"嗯。真是命运的恶作剧，那天她碰到了绝对走不开的事。而且，还是足以决定她往后人生的、一生一次的重要事情。Pito哭得眼睛都肿了，最终她还是做出了英明的选择，决定先掌握住今后的人生，打算第二天再进入SAO。"

仅仅是没法在开服第一天去玩游戏就哭肿了眼睛，香莲感觉到了游戏废人的可怕之处。老实说，她无法理解那种心情。

另外，既然豪志对Pitohui的情况知道得那么清楚，就说明他当时就和Pitohui在一起吧。香莲又想到了这种无关紧要的事。

她努力地将那些杂念赶出大脑。

"可是，多亏了那样，Pito……才没有被囚禁在SAO里吧？"

香莲真诚地问道。

"是的。从事件发生的那一刻开始，没人能登录SAO了。"

"那不是……很幸运嘛……"

"一般是会这么想。但Pito不同。她一直对死亡有着隐藏不住的向往。这样的人，如果被迫去玩真正非生即死的游戏，你觉得会如何？"

"……"

香莲知道答案，却什么都说不出来。

"你觉得,她会像普通人那样怕得不得了吗?"

"……"

"不会。正相反,她会由衷地感到喜悦,觉得'我玩到了人生中最棒的游戏'。然而,当她知道自己错过了一辈子只有一次的机会时,又会如何?"

"……"

"那天晚上,当她做完重要的事情回来后,从新闻中得知SAO是真正的死亡游戏时,Pito就气疯了。然后她开始诅咒自己无法参与其中的命运,开始叫喊、哀叹、哭泣、大闹,甚至还要自残。我想阻止她,但被她打飞了,肋骨和指骨都各断了三根。"

"……"

香莲不知道在这种对话中该怎么出声附和。

Pitohui的行为很可怕,但豪志明明有过相当痛苦的回忆,却一直用和刚才一样平淡的语气在讲述,这样的他也很可怕。

"但事情已经无法改变,她也不可能再参与SAO。哭闹了好一阵子后,Pito的心情好了一些,之后就开始发展她自己的事业。大概是成为SAO失败者的愤怒得到了升华吧,她刚起步的事业很快就上了轨道,现在已经取得了很大成功。"

"Pito是公司的总经理、董事长之类的吗?"

虽说这违反了不打探现实情况的守则,但香莲还是忍不住问了出来。豪志露出有些吃惊的表情。

"嗯,是的。她是女董事长,我是公司里的员工。"

拜托不要再加一句"也是她恋人"。

大概是香莲的心灵感应传达了出去,豪志没有再多说Pitohui的私人信息,而是说:

"在SAO事件解决之前,VR游戏就再次兴起了,Pito强拉上了我，把工作之外的所有时间都投入到游戏当中。她将成为SAO失败者的愤怒发泄在那些游戏里，不管玩哪一款游戏，都能很快就变得像鬼一样强。可'不会真正死亡的游戏'还是无法令她打从心底里热血沸腾。"

不不，不需要沸腾啊，正常玩玩不就好了，死掉可不行呀！再说，要是死了，不就再也不能玩游戏了嘛！

香莲这么想着，心乱如麻，却没有出声。

"她在工作和VR游戏当中活了两年后，SAO事件终于解决了……"

豪志像做报告一样，平静地说着。

"由SAO生还者们讲述的游戏详情传了出来，Pito再一次爆发了。虽说那些都是没有得到官方承认的传言，不过，大家都认为那些信息是真实的。在SAO里，有着故意杀害角色的玩家杀手，以及那样的公会。"

"咦？"

香莲的脑子僵住了，没能在瞬间理解豪志话里的意思。

缓了一会儿后，她才开始慢慢思考起来。

那是*Sword Art Online*。

游戏里的角色如果死了，操纵角色的玩家在现实中也会死去。在这种情况下，还出现了PK。

那也就意味着——

"那不就是真的在杀人嘛！"

"是的。"

香莲希望得到否定的答案，豪志却立刻肯定了她。

"……"

香莲无话可说。

豪志继续用他那好听的声音平淡地讲述着可怕的事。

"SAO里并非所有人都能团结在一起想办法活下去，或是尽快通关脱离游戏……其中似乎也有着通过杀害其他角色来找到人生价值的玩家。有许多玩家被别的玩家杀死，包括被那些玩家杀手杀死的，以及被正当防卫的玩家杀死的玩家杀手。"

"真……让人难以置信……"

直到刚才，香莲以为SAO事件里的死者都是被游戏里的怪物杀的，也就是被设计出这次事件的开发者所杀。

结果，竟然还有人类之间相互残杀的情况。

虽说是正当防卫，但亲手杀过人的SAO生还者又会是什么心情呢？

香莲差点陷入沉思，但她强行停止了那方面的思考。

"我也怀疑杀人玩家的精神是否正常，不过，Pito就完全不一样。她得知这则新闻后，又像两年前那样大发脾气。她气疯了，家里的东西都被破坏殆尽，包括我在内。"

"那是……在气什么？虽然不想听，但我还是得问问。"

"你已经习惯了啊，香莲小姐。"

"别卖关子了。到底是怎么样？"

"两方面。'如果我玩了SAO，就能变成那种杀人玩家了！'和'本来可以在正义之名下杀掉那些家伙的！'，对这两方面的懊恼。"

"她的脑子真的有问题……"

香莲说出了真心话。

"我早说过吧？"

豪志第一次露出了笑容。他若是在街上露出这种笑容，一些外貌协会的女人估计会立刻跟他走。

"那之后的一段时间里，Pito的精神状态都不太稳定，不过……也是讽刺，因为工作上忙得团团转，至少她没给别人添麻烦。虽说她脑子有问题，但好歹保留了常识和社交礼仪，不会成为在现实中伤害别人的罪犯。只是，待在她身边的我就每天都被揍得很惨。"

豪志笑着这么说。

"……"

香莲已经放弃做出回应了。

"就如同我在SJ里所说的那样，那个女人的内心到现在都被SAO那个疯狂的游戏囚禁着。最近几个月我觉得她有所收敛……开始玩GGO后，因为能用枪和匕首和其他玩家对战，应该是得到了很好的发泄，谁知……因为无法参加SJ，她又突然复发……"

"这……这样。"

老实说，香莲无法理解，也不想理解。在了解到事情原委后，她只是回了这么一句。当然，那些都是没有证据的话，豪志说的可能都是谎话。只是，根据之前对话得到的经验，香莲已经放弃了质疑与思考。

接着，她清晰地回忆起，Pito邀请自己参加SJ时是这么说的：

"小莲，我常常觉得，你在现实生活中是不是背负着许多东西？在现实中，你因为某种原因一直很抑郁吧？所以，说好听的，你是来GGO里发泄郁闷，说不好听的，就是来逃避的。你脸上写着'你怎么会知道'，其实很简单——因为我也是这样啊！现实当中让我生气和无奈的事实在太多了，我才会来这里发泄。在这里我可以尽情开枪，尽情射杀怪物和人。"

原来如此。

香莲回想起Pitohui在那时露出了温柔笑容，再想到自己。

因为身高太高感到自卑?

那都算不上什么烦恼。

香莲向坐在面前的男人探出身子问道:

"Pito能参加SJ2,所以就想把它当成赌上自己性命的死亡游戏来玩?"

"正是如此。"

"而你想阻止她?"

"是的。"

"那我有个问题——你为什么不找警察、精神内科医生或是其他人去阻止她?与其拜托我,那样不是更能帮助到Pito吗?"

香莲不想说这些话,但她只能说出来。

既然知道现实中的Pitohui精神不正常,那最清楚这一点的豪志为什么置之不理?香莲无法理解。

"原因很简单。"

豪志用和刚才一样的语气回答。

"就算是为了Pito好,我也不想去做有违她想法的事。"

香莲花了好几秒钟才理解了这句话的意思。

理解是理解了,可这样真的好吗?她又再次确认道:

"那什么……结果就是,你要尊重她本人的想法?"

"是的。"

"就算她精神不正常?就算……她要伤害自己?"

"是的。"

"我完全无法理解。"

没救了。

香莲得出这个结论。

她能明白Pitohui不对劲，但实际上，这个叫豪志的男人也相当不对劲。

香莲将桌子上已经完全冷掉的红茶一饮而尽。

然后，她站起身去扔空罐子。

真想就这样逃离这里啊！

香莲这么想着，向墙边自动贩卖机旁的垃圾桶走过去，再将空罐子扔进去。

回过身后，她发现豪志就站在自己面前，大概是以为自己想逃走吧。

随后，他伸出粗壮的右臂，掠过香莲的头伸向墙壁，啪的一声拍在墙上。

"咦？那个……这个……"

她看着豪志那张带着锐利目光的脸。

嗯……这个……就是别人说的……"壁咚"吧……

头脑一片混乱的香莲只想到了这一点。

豪志喊道：

"至今为止你认真地爱过某个人吗？和愿意献出自己性命的对象相爱过吗？"

香莲的脑子里还是一片混乱，她根本无法说谎。

她就像被下了吐真剂一样，老实地答出了自己的想法：

"没、没有过……"

闻言，男人仿佛很悲伤，很痛苦，又很愤怒，脸上显露出好几重感情，再次喊道：

"那你绝对不会明白我现在的心情！"

"也就是说……"

背部抵着墙壁的香莲低头看着眼前的男人。

"你……喜欢Pito……是吗？"

"我爱她！"

这是香莲人生中第一次被"壁咚"，但她怎么也没想到，自己竟然会在这种情况下听到别人对另一个人的表白。

世事难料，人生多彩。

香莲这么想着。

"总之……你先坐下来。我会继续听你说的。而且，你也要听听我的问题。"

她说完，又补充道：

"要不要再喝杯什么？我请客。"

为了提神醒脑，香莲选了强碳酸饮料，又给豪志买了和刚才一样的黑咖啡。

"来，请吧。"

"谢谢。其实我不太能喝咖啡，尤其是黑咖啡，一喝胃就不舒服。"

"你这话是不是有问题？"

"我还没说完。但Pito非常喜欢喝咖啡，特别是黑咖啡。所以我也跟着喝。"

"……"

爱情真可怕。

香莲心里这么想，嘴上却没说什么。

两人在刚才的位置上坐下。

"豪志先生。"

香莲毫不客气地问出自己在意的事。

"你在SJ中那么害怕现实世界里的死亡，我觉得那是很正常

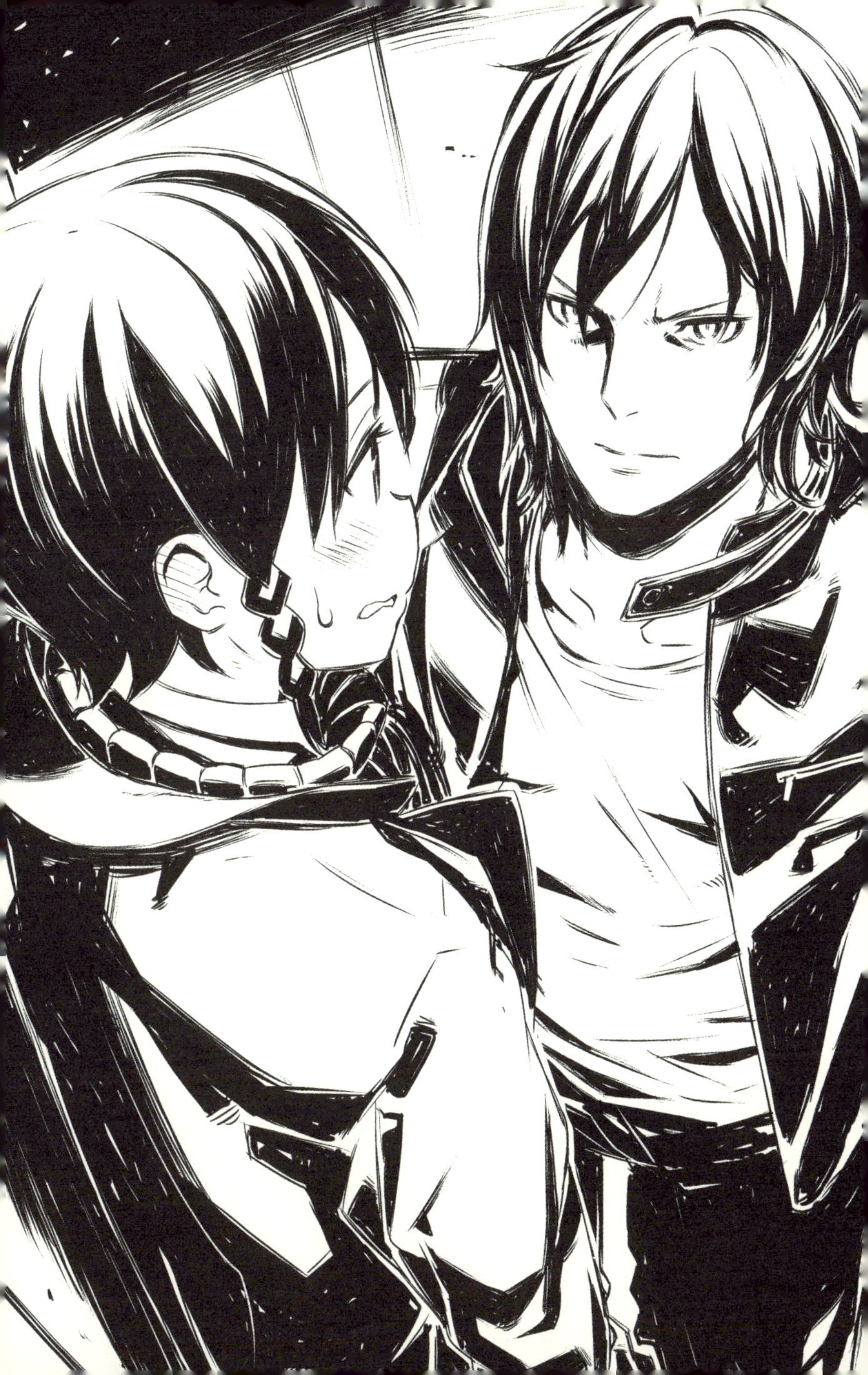

的反应，现在我也能够理解你当时的心情了。可是，SJ2同样有可能给你带来'现实世界中的死亡'，你却并没有对参加SJ2表现出害怕。这不是很奇怪吗？"

"并不奇怪。因为，在Pito死后再死，就一点也不可怕。我只是对留下Pito独自死去感到非常害怕。"

嗯，这两个人真的都很奇怪。这就是什么样的锅配什么样的盖吧。

香莲这么想着，并没有说话。

但相比起来，能主动寻找解决方案的豪志应该稍稍正常一点吧？她也不是很清楚。

"豪志先生，你刚才说只有我能帮助Pito并希望我能帮忙。"

"对，这才是正题，也是我今天来这里的原因。"

"那我问你，我要怎么做才能帮她？"

"请你用莲的身份参加SJ2，然后，在大赛里认真地和Pito正面对决，打倒她。"

"啊？"

"打倒Pito。请你用莲的手毫不留情地杀掉她。那样一来，Pito就能得救，不会自杀了。我也不会被杀了。"

"为、为什么？"

Pitohui宣称若是在SJ2中死去就要自我了断，现在的解决办法却是要自己在SJ2里毫不留情地杀掉她？

豪志先生是咖啡喝多了，脑子喝出问题了吧？

香莲这么想着。

"豪志先生，你是咖啡喝多了，脑子喝出问题了吧？"

她实在按捺不住，说了出来。

"我知道我的脑子不正常。不过，不是因为咖啡。我觉得咖啡里并没有会让人喝出问题的物质。"

不，这个问题就不用认真回答了。香莲想。

豪志继续说道：

"话说回来，那是独一无二的解决方案。总之，请你参加SJ2，设法找到我们小队，打倒Pito。当然，Pito也好我也好，我们小队的成员也好，都会认真地阻止你，全力以赴地战斗。"

听到这话，香莲慌了。

"咦？啊？你的意思是，我们一直是敌人？你不是应该设法让队员们放松警惕，做好准备支援我打倒Pito？不是那样吗？"

她还以为一定会是那样，完全不觉得那种做法卑鄙、狡猾。

"那样就不是'正面对决'了吧？太卑鄙，太狡猾，那样可不行。我也会尽全力战斗的。"

豪志刚提出解决方案，又说出这种话。

这个叫豪志的男人到底是不是只忠犬？香莲总觉得他表达爱的方式有许多错误之处。

大概因为是香莲的无奈表现在了脸上。

"请你不要露出这种表情。"

有着英俊外表的豪志这么说着。

"真是非常抱歉，恕我难以理解。"

香莲讽刺地客气回答道。

"豪志先生，你来说服我吧。究竟是为什么，有什么样的原因，能让Pito在被我打倒之后就不会自杀？请把理由告诉我！"

香莲命令道。

豪志用了约三十秒钟来回答这个问题。也算是回应了香莲的命令。

听完之后，香莲想——

啊，是这样。

然后，她说：

"我知道了……我会参加SJ2！并且，我会打倒Pito！"

豪志露出温柔的笑容。

"谢谢你。你是唯一的希望了。"

留下这么句肉麻的话，以及不会被Pitohui发现的联络邮箱后，他离开了观景室。

"啊，是香莲姐姐！嗨！"

"真的欸，香莲也在这里。"

这时，香莲那个四岁的小外甥女和她的母亲——也就是香莲的姐姐，走了进来。

她们应该是在电梯前和豪志擦身而过了。如果她们再早到二十秒钟，香莲和豪志两人单独待在这里的事就暴露了。

"嗨……嗨！"

香莲心惊胆战地回答。同时，她也在心中感谢豪志，幸好他会把自己喝完的空咖啡罐扔进垃圾箱里。

姐姐家所在的楼层比这里高，香莲不知道她们特意到这里来的理由。

"果汁！"

看到外甥女向自动贩卖机走去，她才明白过来。的确，要买饮料的话这里是最近的一处。

姐姐将手机对准自动贩卖机付款，并问香莲：

"你剩下的春假有什么打算？我们家准备去一次春季滑雪，你要一起去吗？"

"一起去吧！"

香莲很高兴姐姐她们能邀请自己，但现在的她在4月4日之前还有许多事情要做。因此，她一天都不能浪费。

"嗯，抱歉，我决定要在春假里多看点书……"

香莲说着蹩脚的谎言，不过幸好没有被看穿。

第四章 SJ2的赛前准备

第四章 SJ2的赛前准备

香莲回到自己家，盯着电脑屏幕上弹出来的日历。

今天是3月16日，距离4月4日的SJ2还有两个半星期左右。

香莲开始制定打倒Pitohui的计划。她想着为此需要做的事情，并输入到日程表的预定框里。

先是——

"要变得更强……"

要好好锻炼GGO里的自己——也就是莲。

莲是高敏捷度角色，她只有这一个优势。

虽说莲在上届SJ里拿到了冠军，但都是运气好。下一次可不一定还能这么走运。

所以，接下来的时间里她要尽可能地战斗，积累经验值和点数，提升能力与武器性能，添加对战斗有利的技能。

莲在SJ的最后是用匕首来战斗的，所以她觉得有必要准备一把贴身副武器，以应对P90子弹打完或是出故障的情况。

之前那把匕首已经还给M了，她决定去买一把相同的匕首。那匕首看起来挺贵的，这又需要一些点数。

不过，到目前为止，这些都不是什么大问题。她只要在春假里每天深潜，角色就能得到很大锻炼，也能存下许多点数。

比起这些，她还有一个必须解决的问题。那就是，她得在4月1日的SJ2报名截止时间前报好名。

"这次……和谁组队好呢……"

SJ是团队赛。虽说莲这个上届冠军拥有成为种子队的特权，但仅一人是无法报名参赛的。

不管是谁都行，自己有没有可以并肩作战的熟人？

"……"

没有。

在SJ前，她在GGO里认识的人只有Pitohui一个。

虽说在SJ中认识了M，但她不能和M组队。这次他们是敌人。

"新体操社……应该不行……"

她在SJ后认识的，就只有伊娃——咲率领的新体操社。

可她们六人是一支默契的小队，相互间都能理解彼此的行动并作出配合，全小队团结一致，才能那么强。

她并不想拜托她们赶走一人让自己参加，或是抽出一个和自己组队。

如果自己和她们解释清楚事情原委，得到她们的理解，或许有可能……香莲冒出了这种想法，但还是打住了这个念头。她不希望把那几个女高中生牵扯进来。

那么——

"就只能在GGO里去找一个厉害的家伙了……"

这是最有可能成功的做法。

先表明自己是上届SJ的冠军，然后——

"那边的小哥哥，你身材很好嘛！怎么样，要不要和我组队参加SJ2？"

在GGO的首都"SBC格洛肯"的大街上这样和人搭讪。

可是，真的能顺利找到队友吗？

而且，愿意跟来的人真的拥有值得自己信赖的实力吗？会和自己一起行动吗？

又或者，如果告诉对方"我就是找你来凑人头组队参赛的，

SJ2开始后你随意",然后就不管对方,对方能接受吗?

"不行的吧……"

香莲十分烦恼。

若是登记了队员,到了当天对方又不参加了,那自己就更头疼了。

就算找到的人同意组队并认真战斗,到时莲只针对Pitohui展开行动,对方对此又会作何感想?

莲参加SJ2的目的不是拿到冠军,而是打倒Pitohui。只要顺利达成目标,她甚至可以投降,直接结束SJ2,又或者和Pitohui同归于尽也无所谓。

她现在需要的是一个自己信任,可以说出某种程度的内情,又能够理解自己的意图,并且绝对会参赛的玩家。如果他的角色很强大,那就更棒了。

这世上真的有恰好符合这些条件的人吗?

没有,她不认识。莲的朋友太少了。

"呜……"

香莲的声音被神崎艾莎的清透歌声打断了。

是她放在充电器上的手机在响,是来电铃声。

香莲伸出修长的手拿起手机,看向屏幕。

"队友来了!"

手机屏幕上显示着筱原美优的名字。

美优打来电话本来是想说说四月中旬神崎艾莎在东京举办的小型演唱会的事情,结果,香莲一直在单方面地向她倾诉。

为了救下脑子不对劲且完全不清楚现实情况的女董事长,自己要在SJ2里杀掉对方操纵的角色。

因此，希望美优能来帮忙，将角色转移到GGO中参加SJ2。

说完自己的想法后，香莲恳求道：

"我知道这是个不情之请，但我也找不到其他可靠的人了。总、总之……求求你！"

美优回答道：

"噢……这个春天让不可次郎在GGO里大闹一场……那我可得留意，别一不小心就把那个叫Pitohui的家伙给干掉了……"

* * *

香莲和美优——莲和不可次郎开始了锻炼角色的日子。

美优先要把不可次郎从ALO转移到GGO中。

这件事本身倒是很简单。不过，当不可次郎将道具交给同一公会里的风精灵队友保管时，对方自然会询问原因。

"我要和上次夺冠的朋友一起参加GGO的小型战斗比赛。"

美优这么说。

"什么，听起来很有趣啊！让我们一起参加吧！"

"好啊！大家一起打进GGO去！"

"让那边的人见识下精灵的力量！"

结果大家热情高涨，在公会里引起大骚动。

美优没法向这么多人说明其中有着事关一个人生死的复杂原委，以及香莲被牵扯其中的情况，最终花了好大一番力气才拒绝队友们。

在不可次郎转移的瞬间，莲在GGO的起始点等待着。

这个游戏的起始点是首都格洛肯的一角。

在大气成分失常、一片通红的天空下，有高耸入云的大厦，亮闪闪的金属地面，和花哨刺眼的霓虹灯光，是个不知该说它庄严还是杂乱的世界。

转移系统能将同一ID下的角色转移到别的VR游戏里，这种情况下，角色的外观会被固定为专属于本游戏的模样。

之前，香莲为了得到一个小个子角色，就在许多游戏里不断转移，这才得到了现在的莲。不可次郎在ALO里是个长发飘飘的妖精美女，到了GGO又会变成什么样子呢？

莲用棕色斗篷包裹全身，激动地等待着。一片光粒子亮起，然后开始慢慢地化成人形。

"噢！"

莲还是第一次见到新角色在这个世界诞生时的样子。光粒子最终变化出颜色，也固定了形状。

"噢，嗯？哇！"

在两眼放光的莲面前，一个新角色诞生了。

那个角色抬起头眨眨眼。

"嗨！小比！不对，应该是莲！"

没错，正是不可次郎。

在GGO世界里的她——

"怎么样？我的样子很怪吗？"

是个不输给莲的——

"没有！太可爱了！"

小个子金发美少女。

"哇！这是……我？"

GGO中的不可次郎身高只比莲高一点点，也不知道有没有一米五。在这个满地都是肌肉男和瘦高个大步行走的世界里，是个会让人对大小认知产生混乱的体形。

闪亮的美丽金发笔直地垂到背后，眼睛是红棕色，相貌很端正，五官都十分立体且带有一种如刀子般冷酷的感觉，似乎一碰就会被割伤。

说到金发美少女，新体操社的米拉娜也一样，但两人的气质却完全不同。

如果说米拉娜是那种让人看到就会想要微笑的可爱人偶，那不可次郎就是那种让人看到就会生出警惕的恶魔使者，颇有点"见习魔女"的感觉。

"不错不错！就是这身材有些不合我心意！"

穿着初期装备的不可次郎用双手摸了一把自己的身体。

"哎呀！小姐姐，你这是F8000号系列！你才刚刚开始玩，对这角色还没感情吧？要不账号角色一起卖了？能赚不少钱噢。"

一个中年大叔凑了过来，他应该是倒卖稀有角色的中间商。

"这个嘛，怎么办呢？大叔，你能出多少？"

不可次郎居然开始谈价，莲连忙拉着她跑走了。

走进冷清的酒馆包厢后，莲和不可次郎开始召开作战会议。

为了在SJ2里战斗，也为了打倒强敌Pitohui，她们需要做很多准备。

先要确认一下不可次郎在GGO里的状态。

转移过来的角色会"继承"原来打造过的属性数值。

也就是说，在上一个游戏里重点打造力量值的角色，在新游戏中就会成为高力量值的角色。

假如莲现在转移到别的游戏，就会生成一个高敏捷度的角色。即使她的外表变成相扑力士，属性也不会改变。

在GGO里，以及在绝大多数的VR游戏里，玩家都是通过左手的特定操作打开游戏界面。这个界面只有玩家自己能够看到，但也可以和他人"共享"操作界面，这样对方就也可以看到了。

莲看着不可次郎打开的角色状态界面，吃了一惊。

"什……什么……这是……"

力量、敏捷、耐力（体力）、灵巧、智力、运气。

在GGO的角色拥有的六种属性里，莲只有敏捷度和灵巧度高于对方，其他四种，不可次郎远超过莲。

力量值和耐力值尤其高，由此看来，她可以扛很重的枪和大量装备行进，同时也能承受高强度攻击。

不可次郎外表是名纤细的少女，力量值和耐力值说不定能和M相提并论。就像个改造人一样。

"总之，差不多就是这样了。"

不可次郎玩着长长的金发，理所当然地说道，丝毫不惊讶。

美优到底有多沉迷VR游戏，是玩了几十小时……不，几百小时呢？

莲没来由地感到害怕。

"这真是太可靠了！"

同时，她也说出了心声。

接着，要准备好在GGO里使用的武器和装备。

不可次郎是从ALO转移过来的，现在的装备只有初始服装，拥有的道具为零，金钱是——

"嗯，一千点数。"

"就是个初期金额。"

这么点钱，买一把便宜的手枪就得花完了。

"别担心，没问题的。"

"有问题啊！"

就凭这种装备，无论如何也无法在SJ2里存活下来。她需要最好的装备。

但莲也没有多少钱，毕竟刚刚新买了P90。而且也没有多余的装备能借给她，之前有的光学枪和蝎式冲锋枪都卖掉了。

这样一来，就只能先去打怪物赚点数，可要在两个星期内赚够买装备的钱也很困难。明明角色这么强大，却囊中羞涩，这实在是太痛苦了。

"唉……没办法……动用存款吧……"

莲嘀咕道。

GGO能够进行现金交易，也就是花现实世界的钱。

但，不可次郎马上反对说：

"那可不好！虽说小比的确……不对，是莲……也不对，既然在说现实里的钱，那还是叫小比更好？虽说你的确是个有很多生活费的有钱人！但等我去东京参加神崎艾莎演唱会时，你不得请我到银座去吃许多高级寿司吗？这是那时要花的钱吧？"

"我可没答应过你这种事！不过，如果SJ2顺利完成任务的话，我就请客……"

"太好了！我听到了！证人就是我！"

"怎么样，美优……不对，不可次郎……这也太拗口了。"

"叫我'不可'就行了，大家都是这么叫的。那就只能向那位来找你救命的人求助了吧？"

"呜……"

莲没有想到这个法子。

她烦恼了一会儿。

"只能那样了……"

最终还是没能想到其他办法。M玩的时间很长，或许会有多余的点数或装备，就找他问一下吧。

为此，莲不得不暂时退出游戏。

豪志给她留了现实中的电子邮箱。若是他们在GGO里说话，又或是通过GGO发送消息交谈，很有可能会被Pitohui发现。

"那今天我就先去探索下这个色彩单调的世界吧！也挑战一下会被多少人搭讪的纪录！"

从色彩丰富的ALO过来的不可次郎这么说道。香莲留下她，暂时回到现实世界，然后立刻给豪志发去邮件。

她洋洋洒洒地写了一通原委，询问对方能不能给自己的SJ2队友支援一些装备或点数，并且还说希望不要用到现实里的钱。

不到一分钟，对方就发来回复。

豪志表示，是他拜托香莲帮忙的，请一定让他出一份力。他会在某个时间点前将一个道具箱放在城镇的某个地方。

当然，那并不是一个真实的箱子，只要角色走到那里碰一下就能获得里面的数据。同时他也发来了开箱密码。之所以不直接转账，是为了避免留下记录吧。

莲再次深潜进GGO。

"这么短的时间里就有四十三个人来找我搭话了！很厉害吧！不过，这游戏里的女性角色还真够少的！说不定我还可以拥有一座逆后宫啊！"

不可次郎那美丽的外表过于显眼，也披上了斗篷，和莲一起前往指定地点。在小巷子里的垃圾箱后面，她们的确找到了M的礼物。

不可次郎碰触之后输入密码,点数进了她空空的钱包里。

莲看了一眼。

"哇!"

接着是不可次郎。

"噢!"

两人都被那个数字吓得差点跳起来。

"莲……这个,没弄错吧……"

"应该吧……"

"没说之后要卖器官或是要上渔船卖力气吧……"

"应该吧……"

除了一大笔支援款,里面还有一句M的留言。

"暂时先给这些,还有需要的话再和我说。"

不可次郎看完,一脸认真地对着莲说道:

"我想马上和这家伙结婚。把他的邮箱给我吧。"

钱的问题解决了。

接着是不可次郎的装备。用于攻击的武器上,她需要找到用于伤害输出的主武器。

"我的力量值和耐力值都很高,什么重型武器都拿得动。双剑,或是战斧也不错,长矛我也挺喜欢的。"

GGO里可没有那种东西,就算有也没什么用武之地。莲和不可次郎一起向大型购物中心的武器店走去。

究竟该让不可次郎拿什么枪才好呢?

莲思考着,同时也和不可次郎一起商量,最后得出的结论是让她使用火力强劲的枪来支援敏捷的自己。

光学枪——也就是激光枪、电子束枪、光线枪这一类,会被

"光弹防护罩"挡掉伤害,所以从理论上说,在PVP时应该用实弹枪。事实上,不管是BoB还是SJ,几乎所有人用的都是实弹枪。

在商业街的武器店里莲给不可次郎介绍了许多实弹枪。

有通过连射在大范围内织出火力网的机关枪,也有在火力与枪身大小间取得平衡的攻击步枪(自动步枪)。

"没什么感觉。"

不可次郎一把也没看中。

"总觉得,每一把看着都很强,可一点都不漂亮啊!"

她这么说。

不不,外观不重要啊!

这句话莲想说却没说出来,因为她自己就是冲着外观便买下了P90。

不可次郎的武器购买迟迟没有进展。

"伤脑筋……"

莲很为难。这种时候,她就很希望拥有丰富枪械知识的Pito或是M能在这里,可她再怎么想也没用。

没办法。

"不可,去别的店吧。"

"OK。"

既然这样,只能多逛逛,直到找到满意的武器为止。两人离开大型商业街,前往莲购买P90的那种小巷子里的店。

在GGO的世界里,光学枪的设定是人类在飞回地球的宇宙飞船里使用的武器,实弹枪是地球上使用过的留存有设计图或是实物的武器。

没有人能制造威力达到中级以上的武器,只能由角色去发掘,方法就是探索危险的遗迹或打倒遗迹里的怪物。

随着游戏的推进，运营方会不断地更新武器，玩家们也会热烈地讨论下次又能发现什么样的武器。

小巷子里的武器店，就是专卖那种威力强且高价的稀有武器的地方。

两人才走进第一家店，不可次郎的眼睛就立刻亮了起来。

"莲！这个！这把枪是什么？超酷的！好漂亮啊！太美了！Beautiful！"

"咦？哪一把？"

能让不可次郎发出这种欢呼声的枪到底是哪一把？

莲就像是看到了过去的自己一样，高兴地跑向不可次郎。

"这把！"

她看到了不可次郎指的、挂在架子上的那把枪。

"什么啊……这是……"

莲的脸抽搐起来。

太丑了！

友情阻止了她说出那句话。

那是一个外形非常难看的东西。

全长约有七十厘米，和长的冲锋枪差不多，装有握把、扳机和压在肩上的枪托，应该算是枪吧。颜色是被称为沙漠金的土棕色，只有握把等几个地方是黑色。

不过，那把枪的外形实在是太丑了。

最丑的就是中间鼓起来的那部分。

类似左轮手枪的那种转鼓式弹仓，就如同肥胖中年人的啤酒肚那样鼓起来。枪身非常粗短，从这方面来说，实在是没有比它外形更难看的枪了。

整把枪看上去就像是将左轮手枪和冲锋枪组合在了一起，大小没能调整合适，显得枪肚子特别大。

莲对它的印象就是这样。

"你也不知道吗？不过，这把真是不错！就决定要它了！是什么枪？"

"嗯……"

不可次郎这样问，不过莲也是第一次见到这种枪，除了"特别丑陋"之外，她一无所知。

莲看向展示的标签，上面写着"MGL-140"，是枪的名字。

就算知道了名字，莲还是不知道那是用什么子弹的枪。

这时，接待完其他顾客的店员来到了两人面前。

那是个穿着牛仔裤和T恤的年轻男人，身上还围着一条带有海军迷彩图案的围裙。

他和在大型商业街里工作的店员不一样，并不是由系统操纵的NPC（非玩家角色），而是在GGO里做买卖赚钱的玩家角色。

"两位客人，这是连发式榴弹发射器！我也是第一次见到！应该是最近才出现的，在某个遗迹中被发掘出来，前几天我们店里才进货了两把！"

店员带着生意人那样的爽朗笑容，大方地介绍道。

"榴弹发射器。噢，就是这个啊……"

莲明白了。她虽然拥有相关知识，见到实物这还是第一次。

"榴弹……是什么？"没有相关知识的不可次郎问道。

店员耐心地回答：

"榴弹，你可以想象成是装有火药会爆炸的子弹。比如手榴弹，就像它的名字一样，是用手投掷的炸弹。"

"嗯嗯。"

店员解释得很清楚，而且肯定也比自己更了解这些，莲就保持了沉默。

"榴弹发射器就是将榴弹打出去的枪，能发射到比用手扔更远的地方，通过火药的力量，能将直径40毫米的榴弹发射到最远大约四百米之处。"

"噢！不仅好看，这枪还充满了力量！"

"是啊！将榴弹打出去划出一条抛物线的样子非常有趣！一般来说，这种发射器都是单发，也就是每次发射都要填装一个榴弹，发射之后要排出空壳再次填装。但这一把不同。你们看到它枪身上的转鼓式弹仓了吧，那里可以填装六个榴弹。只要扣下扳机，就能在一秒钟内发射出两个。也就说，三秒钟就能打完六个榴弹。"

"噢噢，打出榴弹雨！"

"是啊！一个榴弹爆炸时能把碎片撒到大约半径五米的范围内，用上它就变成了六倍。目前，它绝对是GGO里最强的榴弹发射器。"

"真不错，真不错！"

"40毫米榴弹有很多种类，不仅有爆炸弹，还有烟雾弹，还有用超高温烧尽一切的铝热剂燃烧弹，在空中发光后打开降落伞下降的照明弹等，可以玩出许多花样！"

"越听越有趣了！"

"而且，GGO里还有现实中不存在的等离子手榴弹！发射那个，就会给你带来用超高威力将对手全部炸飞的快感。"

"太棒了！"

这情形简直就像是碰到了车站前的街头推销员在兜售商品。经过一番兴致高涨的闲谈后——

"小哥哥!我要买这个!卖给我!"

不可次郎蹦蹦跳跳地叫起来,店员却是降低了声音。

"可是,这个很贵噢。价格……您看到了吗?"

这么说来,的确是还没看。

莲看向价格标签。

"呜……哇!"

她差点吐血。

威力强大的武器大多如此,连价格的破坏力都超乎寻常。这都能买多少把莲的爱枪P90了?她不想去计算。而且P90绝对算不上便宜。

但是,现在的不可次郎——

"买它买它!"

托某人的福,现在她们很有钱。她打开窗口给店员看自己可支付的金额,同时还说:

"买两把!我要双手拿着它扫射!这里有的榴弹也买了!"

"……"

店员目瞪口呆,仿佛在看一个让人难以置信的傻瓜。

"谢、谢谢惠顾!"

但很快,他就露出大大的笑容高声喊道。

"啊……赚这一笔就够我下个月的生活费了……"

看来,这个人在现实里似乎也过得很艰苦。

就算找不到工作,也不能靠游戏过活。

莲在心中牢牢记住了这一点。

就这样,不可次郎买了两把MGL-140和大量榴弹。

"好想开枪好想开枪!"

她这么说道。那是体积很大的枪，只能放进被称为仓库的道具收纳处。

仓库其实就是透明背包。

道具放入仓库后，就不需要用手拿着了。虽然存放的道具总重量不能超过角色能够承受的最大重量，但不可次郎的力量值很高，能够承受的重量很大。

"可是，还需要买装备吧？"

"那个之后再说！"

"好吧，我也想见识下它的威力。那我们去射击练习场？"

莲这样提议后，不可次郎却忽然怒吼起来：

"你在说什么啊！当然是要去能够战斗的野外啊！"

不可次郎来到GGO后过了一星期。

多亏了M给的资金——简称"M资金"，现在她的装备已经凑齐了，不再是刚转移过来时的新手模样。

她上半身穿的是迷彩的长袖战斗服，这种迷彩被称为"多地形迷彩"，由深浅不一的棕色和绿色色块组合而成。再加上一件衣服正面加装有防弹金属板的利落绿色背心，背心上还附有几个装榴弹的小袋子。另外，她双手还戴上了棕色的手套。

她下半身穿的是和上衣同款迷彩的短裤，看上去像是裙子。接着还有黑色紧身裤和棕色短靴。

她那头长长的金发在后颈上扎成了一个团子，插着发簪。莲好奇这种道具是从哪里找出来的，结果不可次郎说是买了一把小型匕首，再让店里帮忙削细了。

然后她头上还戴了一顶有些不搭调的绿色大头盔。

只看外表的话，她这身打扮就像是要去登山的女孩一样。真不愧是女人味比香莲要多得多的美优，对穿着很讲究。只不过，服装款式还是迷彩。

她的武器是两把威力巨大的六连发榴弹发射器MGL-140，用肩带分别挂在身体两侧，颜色保持原样。

她的右腿上有一个塑料枪套，不知道她是什么时候买来的，里面插着一把叫作史密斯威森M&P的9毫米口径自动手枪。

在打怪物的时候，如果用十二发榴弹都没能决出胜负，她就会用这把手枪发起攻击。

在莲询问起手枪射击的练习时，不可次郎很有信心地说：

"只要靠近了就能打中！"

她背后还背着绿色的背包，里面装满了榴弹。

而且，仓库里也有备用榴弹，总重量几乎就压在她的体力所能承受的最大值上，数量有一百个以上。

"开枪射击也很有趣啊！莲！走吧！"

从买到枪的那一天起，不可次郎就开始去野外寻找强敌对战。现在她已经是个彻彻底底的GGO玩家了。

莲身上还背负着必须打倒Pitohui的压力，不可次郎却是兴奋得仿佛忘了那么回事。

不过，只要她能变强，对莲来说就是再可靠不过的队友了。因此，莲带着同时也可以锻炼自己的目的，一直和不可次郎共同战斗。

红色的天空下，不可次郎眼睛放光地四下张望，一旦眼尖地发现到大摇大摆的怪物，就大叫道：

"哈哈！给脏东西消毒咯！"

毫不留情地打出昂贵的榴弹。

被打出去的40毫米榴弹划出抛物线，从斜上方击中目标，然

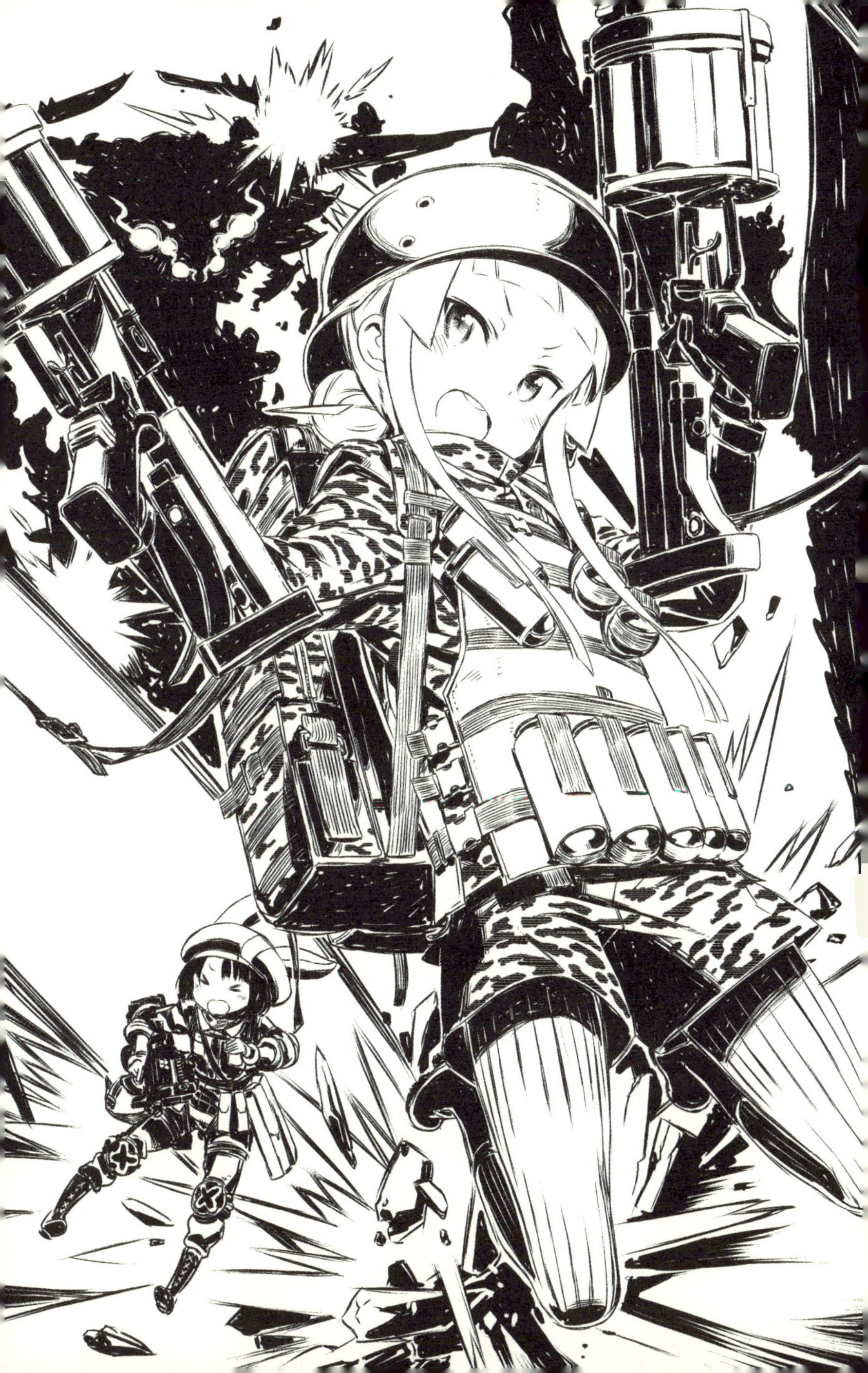

后引信燃烧，随即爆炸。

就算是大型怪物，若是被击中身体，也会被炸得踪影全无。即使榴弹只是落在附近，碎片同样会对怪物造成大量伤害。在怪物无法动弹时，莲就会以远超人类的速度接近，用P90了结它。

如果无须开枪，莲会从腰后拔出新买的匕首刺过去。

她们原本就是志同道合的多年好友，在这种双人组合的行动上简直再默契不过。

"有着弹预测圆真是好轻松啊！"

不可次郎很快就掌握了GGO的专业辅助系统。

着弹预测圆是角色做出射击动作时看到的一个绿色圆圈。

当角色举起枪，用手指触碰扳机时，零点几秒后，视野里就会出现一个圆圈。

圆圈的大小和多种因素有关，比如枪和子弹的种类与性能，与瞄准目标之间的距离，角色所有的能力等。另外，它还会随着玩家的心跳变化。

射击之后，子弹会随机命中那个圆圈内的任何一处，因此，抓住圆圈变小的时机射击是GGO里的常识。当然，玩家因为紧张而心跳加快时，就很难抓住那个时机了。

莲的P90或是普通的枪，基本上是笔直地瞄准目标，圆圈也都出现在正前方。

那么，除了超近距离的射击，会像投球一样划出长长抛物线进行攻击的榴弹发射器，它的着弹预测圆又会是什么样的呢？

莲问出了自己的疑问。

"事实胜于雄辩，百闻不如一见。说再多都像对牛弹琴。"

不可次郎边说边将爱枪递给莲，让她自己开一枪试试。

"好重……"

在莲的感觉中，MGL-140就像是铅块。她根本做不到单手拿着射击。

从实体枪的资料来看，光是枪体就将近六千克，还要加上六个三百克以上的榴弹，射击时的重量就达到了八千克以上。

和装弹之后也只有三千克的P90有着很大的差别。

现在莲更清楚拿着那两把枪行动的不可次郎有多强。

"好吧，我只开一枪。"

莲握住装在圆筒下的握把，并且不是用肩膀而是用腰来架起MGL-140，再将手指摸上扳机。

接着，大约两百米外的荒野地面上，一个约呈四十五度倾斜的绿色圆圈就清晰地浮现了出来。当莲微微抬高枪口后，圆圈又向更远处移动过去。

莲按下了扳机。因为枪体很重，后座力也比她预想的更强。另外，随着一个可爱的声响，一个黑色块状物飞了出来，与此同时，转鼓式弹仓向右转过了一格。

射击之后过了三秒钟左右，榴弹在刚才出现圆圈的地方爆炸开。莲先是看到大量烟尘飞扬而起，晚了一拍后才听到迟来的爆炸声。

她把MGL-140还给不可次郎，说：

"原来如此……"

瞄准的确很轻松。那个店员曾说：

"现实中的MGL-140装有光学瞄准器，需要用能变化角度的枪托抵住肩膀来进行瞄准。但GGO里有着弹预测圆，那东西反而会碍事，就不需要装了。"

现在，莲完全理解了店员的那些话。不可次郎的MGL-140上也的确没有装光学瞄准器。

关于着弹预测圆，莲已经清楚了。

"那弹道预测线呢？"

她又提出了新的问题。在GGO里，和着弹预测圆对应的，是名为弹道预测线的辅助系统。

这是防守方的辅助系统，被瞄准的角色会看到一条现实中不可能存在的红线，表示接下来会有子弹飞到这里。

但也有例外，在目标不知道射击人的位置时，飞来的第一发狙击子弹就不会触发弹道预测线。

GGO的玩家们看到那个线，就能做出在现实里不可能做到的"避开子弹"这一行动。

为了亲眼看看榴弹发射器的弹道预测线，莲跑到了两百米开外，让不可次郎瞄准自己。

"啊，原来如此。"

不出所料，是一条长长的抛物线，从远处的斜上方划过来。

"嗯，我明白了。就和我想象的一样。"

莲通过通信器这么说——那是不可次郎买来的，能像电话一样通话。

"那么，就先试着进行躲避练习吧。我会打出三个榴弹。"

不可次郎突然这么说。紧接着莲就听到了砰砰砰的开枪声，吓了一大跳。

"呀——"

莲慌忙逃开，身后便传来了三声连续的爆炸声。她感觉到地面在摇晃，爆炸的冲击波刷过后背。

回过头一看，她刚才所站的地方现在一块岩石也没剩下。好惊人的威力。

"好险啊……"

榴弹划出抛物线飞过来，从发射到击中，之间有几秒钟空档。从这个角度来说，是比普通的子弹要更容易避开，但榴弹在爆炸后会向四周喷撒出金属碎片，所以，和只要避开几厘米到几十厘米就不会被打中的子弹又不一样。

刚刚毫不留情就开了枪的不可次郎说：

"嗯嗯，跑得很快嘛，很好。"

"好什么啊！很可怕好吗？"

"这算什么，SJ2还要更可怕吧？"

"的确……"

不可次郎又对回到自己身边的莲说：

"哎呀，这武器威力大，用着也顺手！幸好买下来了！幸好有卖！"

她非常高兴。

不过，她又补充道：

"但这东西挺难伺候的，只有这个可没法战斗。"

真不愧是意志坚定的VR游戏人。在莲说出自己想到的事之前，她就已经明白过来了。

连发式榴弹发射器的确有着强大的攻击力，但同时也有着许多缺点。

稀有，昂贵，这是一点。不是轻易能买到的。

重量沉，需要很高的力量值，这也是一点。只有力量值高的角色才能使用，拿了这个就很难再拿其他武器。像不可次郎这种肌肉男似的角色是例外。

而最大的缺点是，打完榴弹后需要花很多时间再次填装。

MGL-140再次填装榴弹需要先关上保险扭转枪身，让转鼓式弹仓露出来。

等空弹壳掉落之后，再用手转动转鼓式弹仓复位，最后才能装进新的榴弹，上膛射击。不管动作如何迅速，不可次郎都要花上近十秒才能完成这一系列的操作。

若是单打独斗，她必然会在这段时间里被打成蜂窝。

"只有负责支援的小队玩家才能让这把枪发光发热！就像是吟唱时间很长的高威力攻击魔法那样。"

"我对ALO的魔法不是很清楚，不过……应该差不多吧。"

"如果能在空中飞，就能更轻松一点……"

ALO里的玩家都能在空中飞行，不可次郎才会这样感慨。

"喂，小妖精，这里可是人类的世界。"

莲用老人般的语气回答道。

"算了，那也是没办法的事！好吧，那我就当后卫在后方喷火，前锋的攻击就交给你了！"

"知道了！你能强大起来，我就能更安心！对了，机会难得，我有个打法想尝试一下……"

"噢，是什么？"

* * *

春假中，香莲和美优一直待在GGO里训练。

到4月4日的SJ2为止，她们要尽可能地增强自己个人和队伍整体的实力。幸运的是，大学生的春假一直都是自由时间。

尽管如此，香莲每天玩六小时就已经是极限了。

继续玩下去的话她精神上会感到很疲惫，至今为止她还没有深潜过那么长时间。因此她夜里总是睡不好，偶尔还会头痛。

AmuSphere里内置有非常严格的安全装置，就是为了避免玩家联想起引起SAO事件的NERvGear，也绝对不会让那种恐怖事件再次发生。

它会实时监控玩家的健康状况，在玩家身体不舒服时启动自动关机功能，将玩家送回现实世界。

若是在大赛当中发生那种情况可就糟糕了，香莲也开始注意健康管理了。

她要在SJ2里打倒Pitohui。虽然是在游戏当中，但又不只是游戏，而是事关两条人命的事。

香莲在时间和身体状态允许的情况下尽可能地待在GGO世界里，却因此引来了住在楼上的姐姐的关注。

"我什么时候打电话过去你都不接，这是怎么了？你在家的吧？看书看得那么认真吗？难道……因为交不到朋友，你觉得郁闷？还突然剪了头发，到底发生了什么事？如果你有什么烦恼，要不要和我说说？我不会告诉爸爸他们的。"

香莲费了好一番工夫才搪塞过去。

美优却和香莲形成鲜明的对比。

她真不愧是无可救药的网游废人……不，该说是意志坚定的VRMMO游戏人。

每次莲深潜进GGO里时，不可次郎都在这个世界。因为她们是同一中队的伙伴，所以每次莲来到格洛肯时不可次郎都会收到系统通知，然后莲马上就会收到她发来的约定见面地点的消息。

会合之后，不可次郎就会露出白牙、竖起大拇指，说：

"好！去狩猎吧！或者去和其他玩家对战！"

两人去的野外战场，从难度上来说，原本是不可次郎这样的新手不该来的地方，但就莲判断，她们完全不需要担心。

不可次郎并不会乱来，总是能完美地理解莲的攻击行动，并快速看穿怪物的攻击模式，在远方用强力的榴弹来支援莲。

自己可不能输给她！

莲的好胜心燃烧了起来，为了进一步锻炼自己，在明知有风险的情况下，她展开了比以前更加大胆的攻击。

她尝试了以前没有挑战过的动作，甚至头朝下坠落也毫不在意。总之就是在不断地进行动作训练和射击训练，打完子弹后又换上新弹匣继续射击。

速度就是我的盾牌！攻击就是我的防御！

不能停下！停下就会死！要不断射击！

二代小P不断地响起顺畅的射击声，仿佛在展示莲的斗志。

莲的目的只有一个，就是打倒Pitohui。

打到她——

并拯救她。

莲和不可次郎就像少年漫画的主角那样埋头于修行当中。在此期间——

"再来一次！罗莎将射击时间拉长，确保将对手压制在那里！安娜换弹匣的速度要尽量快一些！你的狙击技术很厉害，要有自信！我和塔妮亚在攻击的时机上要配合得更好一点！射击的时候不能完全依赖着弹预测圆！这样会浪费掉圆圈显示出来前的时间！一找到机会就开枪！我们能做到的！"

也有同样在努力锻炼自己的玩家们。

那是在咲，不，在老大伊娃率领下的新体操社。高中的期末考试顺利结束后，很多时候只有上午需要上课。

她们每天至少会深潜两小时，多数时候会超过这个时间。

当然，她们还要参加社团活动，但在"需要提高大家的一体感"这一主张下，就名正言顺地深潜入游戏里了。

GGO里不会给玩家配给弹药，需要自己去制作或是购买。除了会返回给玩家经验值、道具和点数的狩猎怪物活动，若是单纯进行射击练习，练得越久钱就会越少。但她们并不在意，依然不断地进行实弹射击训练。

通过提升经验值与技能来提升角色的能力虽然也很重要，但提升玩家本人的能力同样是不可或缺的一环，比如瞬间判断力和反应速度。从事运动的她们非常了解这一点。

狙击手安娜和托玛盯着前方几百米处的靶子，击倒之后便增加距离，并不断重复以上的训练。

另外，她们也训练了如何快速打倒突然出现在近处的敌人。

狙击手的任务并不一定是打倒远距离的敌人。即使在中短距离下，攻击其他士兵难以一击必杀的目标要害，也同样是狙击手的重要任务。

相对的，拿野牛冲锋枪的塔妮亚选择了和莲一样活用敏捷度的战斗方法。她在像迷宫一样满是障碍物的野外快速奔跑，进行着尽快击倒敌人的练习，就算有时会失败，也不厌其烦地重复着这种激战训练。

这次训练结束后，她们又开始进行更加激烈的训练。

在宽阔的野外，塔妮亚拖着两米左右的绳子奔跑，绳子上系着旗子，那些旗子随着她的跑动飘荡，看起来就像鲤鱼旗一样。

队友们都在远处对着旗子射击。这种练习是在训练如何打中像莲那样可以高速移动的角色。当然，如果塔妮亚被打中，也会受到很大伤害，所以她必须高度集中注意力。

老大和塔妮亚还要用雨燕,9毫米口径手枪进行别的练习。

首先,让其他四名队友手持大约人头大小的木牌站着。

"准备……射击!"

然后她们就从举着螺纹剪裁机和野牛的姿势开始,将手中的枪扔出去并快速拔出手枪射击。这个训练对应的是主武器出现故障或没了子弹时的情况。如果她们没能瞄准,9毫米子弹就会打中队友的脸。

其他玩家们偶然看见她们在荒野上进行这种荒唐的训练,就会在远处用双筒望远镜观察她们。

"好可怕的女人……似乎还没有察觉到我们,但若是被她们盯上可就讨厌了,还是不要有牵扯的好。"

"明白。好不容易狩猎完回去了,我不想这种时候受伤。"

"不过,那些女人可真壮……操纵的人肯定都是有三十年网游经验的大妈们……"

那些玩家们谨慎地放弃了袭击的机会。

和现实时间联动的GGO世界里,太阳就快下山了。

经过紧张的训练后,现在到了要回现实世界的时间。

"各位,我有话说。是很重要的事。"

老大说道。

另外五名队友在没有命令的情况下自动排成一列,立正,站好,听训。

"我们变强了很多。在SJ2里,只要我们能充分发挥出实力,应该可以获得冠军。但是——"

老大这么说着,脸上的表情变得更加严肃。就算不板着脸,她原本的样子也魄力十足。若有小孩子被她盯着,大概很快就会哭出来。

"我们有强敌在。就是上次和连组队的，那个叫M的魁梧大汉。虽说还没能完全确认，但应该不会有错。他是个很有名的可怕狙击手，且正如我们在录像上看到的，他有一块很强的盾。"

所有人都用力点了点头。

M的盾，由宇宙船的外壁制作而成，能呈扇形展开，可以在极近距离下弹开7.62毫米弹——也就是她们手头上杀伤力最大的子弹。这是一面非常棘手的盾。

若是M在开阔之处使用那面盾，再加上他持有的M14·EBR，一旦被他连续狙击，小队就有可能会被歼灭。

因为M还拥有高超的狙击技术，在对方获知他位置的情况下，依然能做出不让弹道预测线出现的狙击。

不是使用外挂，单纯是因为他直到开枪的前一刻才会用手指接触扳机。当然，那样一来，作为辅助系统的着弹预测圆也同样不会出现，狙击手只能通过瞄准镜来自行瞄准射击。

对于狙击而言，除了考虑目标距离、子弹下落高度，同时还要考虑到风对子弹的影响。在狙击移动目标的时候，更是需要狙击手对目标的移动做出预判。

综上所述，狙击是一种需要精密计算和丰富经验的技能。如果没有着弹预测圆，就不是任何人都能够轻易做到的事。

然而，M就能做到。凭借的正是他在国外进行实弹射击的经验，以及长时间玩GGO培养出的实力。

对方能在铜墙铁壁般的防御中打出让人无法闪躲的子弹。为了夺冠，她们不得不去打倒那个对手。M14·EBR的有效射程是八百米左右。就算用榴弹发射器，也打不到那个距离。

"我们需要能从正面突破那面盾的办法！需要更强力的武

器！所以——"

所以？

在队友们紧张地注视下，老大高声说道：

"明天，我们就去拿到它！"

＊　＊　＊

三月就这样紧张又平静地过去了。

报名截止日期渐渐逼近，参加SJ2的队伍也在缓缓增加。若是名单超出三十这条线，前一天就要举办预赛。

位于名单顶部的，是这两个名字：

SHINC——上届亚军，咲率领的新体操社。

MMTM——上届季军，佩戴骷髅徽章的小队。

这两支队伍的名字和其他小队的颜色不同。其他小队的名字是白色，这两个名字是金色，让人一看便知，它们是种子队。

3月25日，星期三，中午12点。

在名单上恰好已有三十支队伍时，又加入了一个新的队伍。

那支名叫LF的小队原本应该排在第三十一位。

但它的名字却闪烁着明亮的金色光芒，排在了第一位。

四分钟后，东京某处的电话响起。

"怎么了，豪志？我马上要和对方的董事长开会了，你说得简短一点。"

"那我直接说重点吧。那支队伍报名了，就在刚才。"

"……"

"董事长？"

"多谢你的报告。我很期待。"

"可是……"

"我知道了，4月4日以后的工作我也会好好做的。再见。"

四十分钟后，GGO世界里，一条狭窄昏暗的山谷小道上，五个男人看着窗口画面说着话。

"喂，快看这个！来了，她来了！那个粉红色的小矮子！"

"哪个？噢，真的……是避开了我们子弹的那家伙！"

"终于来了啊！从后方杀掉我们的那几个厉害家伙好像还没报名。"

"他们可能不会参加了吧？看录像里的样子，他们好像是职业的？从行动和手势来看，有传言说他们是航空自卫队的基地警备队。跑来玩游戏，惹得上司发火了吧？"

"是不是都无所谓！是什么人都无所谓！我们全日本机关枪爱好者会把发现的敌人全部打倒！"

拿着机关枪的五人一同发出很有气势的叫声。

三秒钟后，趁着他们激动欢呼时，一只豹型怪物悄悄靠近，揍了他们一顿。

一小时后。

"老大！香莲小姐……不对，是莲，她报名了！"

"你说什么！"

GGO的某个地牢入口处，一支六人小队大吃一惊。

"真的……这下子……越来越让人期待了！"

"香莲小姐为什么改变主意了呢……"

"不知道！但不要问，这才是战士的体贴！今后在现实里也不要和她联系了！直到决出胜负为止，我们和她都是敌人！"

"明白。"

"等结束之后，她再请吃零食时，我们再问她吧。"

"我想吃棉花糖，想吃北海道的点心。"

"红茶也很美味啊！那个茶叶估计非常贵！"

"好了，小姐们！先聊到这里！来，今天也要努力挑战！要比昨天更进一步！跟我来！"

听到老大的话，五人发出高喊声，走进通往地下的隧道里。

* * *

4月1日正午。

第二届Squad Jam的报名截止了。

参加的队伍数量在截止前猛地增加到了四十九支，其中三支是种子队。

这是受到了获胜奖品的影响——奖品清单于28日发表，并且出人意料的豪华。

冠军队伍能获得二十把攻击步枪的混装大礼包，亚军则是十把冲锋枪，季军是十把手枪。同时，三支队伍还能得到几百颗子弹和好几个预备弹仓。

那些奖品可以自用，即使卖掉也能赚一大笔钱。看来，这次的赞助人和上次的作家不同，应该非常有钱。

毕竟，上次的冠军奖品居然是赞助作家的签名著作套书二十册，真是非常吝啬了。

完全没有BoB那种"送来奖品目录任君挑选"的大气，就只发来了一条寻问住址的消息。香莲无奈地回复后，一个沉重的纸箱就寄到了家里。

纸箱里装着的，是写有"恭喜夺冠！战斗很精彩！"的卡片，和二十本她估计不会看的枪战小说。

"这要怎么处理啊……"

香莲都不知该如何是好。

卖给旧书店似乎也不太好，结果就一直那样放着了。

SJ2的奖品倒是没再令人失望。

而在除了种子队外的四十六支队伍当中，能够参加决赛的当然只有二十七支。

因此，在大赛前一天，4月3日的20点，需要先举行预赛。这一规则已经通过留言传达给了各小队。

预赛是随机选出小队，两两对决。

一场定胜负，时限是二十分钟。考虑到有可能出现参赛队员在这个时间里因工作无法深潜的情况，每支小队只要有最少两名登记过的队员出赛就可以了。

会场是特殊地图——长一千米宽三百米的长方形平坦土地上分布着一些障碍物，能让参赛双方快速接触到敌人，且无法四处逃跑。所有小队的比赛都在同样的条件下同时进行。

不管小队有几人，即使只是早一秒钟干掉对手，就算获胜。

若超过时限，就是死亡人数少的一方获胜。

如果死亡人数相同，就是收到的伤害较少的一方获胜。

要是连受伤程度都一样（比如所有人都没吃到伤害的情况），就是打出子弹少的一方获胜。

万一连子弹数都一样（比如双方都一枪未开，逃避战斗的情况），就由运营方扔硬币来决定。

获胜的一方参加决赛。这样就能决出二十三支队伍，而剩下的四支则在败者当中复活。

具体方法是，按死亡人数从少到多的顺序来复活，若是相同，就按生存时间从长到短的顺序，往下依次是按受伤程度和开枪数。另外，被扔硬币淘汰掉的队伍不能复活。

预赛的战况不会进行转播。因此，除了从败者组中复活的小队之外，直到决赛之前，其他人都无法得知敌人的情况。

莲和不可次郎正在看着报名表和比赛规则。

"总之，我们就轻松了。"

"幸好成了种子队。我们只有两个人，在SJ里还算是有利的，但在预赛当中就超级不利了。"

她们在GGO内的餐馆包厢里密谈。

哭也好笑也好，三天后就是SJ2了。两人为了再一次确认规则，没有像以前那样去野外，而是选择了安全的餐馆，并要了一间能避人耳目的包厢。

虽说香莲也可以直接和在北海道的美优视频通话，但这样更有气氛。

"你看过规则了吗？"

"大致看了一遍。不过，你是想再仔细看看吧，莲？"

美优的行事作风有点散漫，谨慎起见，还是再确认一次为好。莲用力点点头。

"慎重一点也好。"

不可次郎这样回答，左手还在操作窗口点饮料。她点了自己一进GGO就必定会喝的柠檬苏打水，和莲喜欢的冰红茶。

很快，桌子中间的洞里就弹出了饮料，还有油炸食物和牛肉干。莲立刻笑了。

"你还是这么喜欢这些小菜啊,莲。尽情吃吧。"

"是啊。我不客气了,多谢!那么……"

两人吃着小菜喝着饮料,然后再次确认规则。

规则大致和上一届一样。

本届大赛共有三十支队伍参赛,每支小队最多六人,会在边长十千米的正方形特殊地图上进行混战。其他队伍都是敌人,当然也可以自由合作。

"没进去前都没法知道地图是什么样吧?"

听到不可次郎的问题,莲点点头。

特殊地图里的地形,类型十分丰富,显得很不自然。

应该会有狭窄的城镇、茂密的森林、开阔的荒野。而且,参赛小队的起始地点完全随机,因此需要做好在任何环境下都能战斗的准备。

"我是很不显眼了,可你是粉红色,除了荒野和沙漠之外,就超级醒目吧?"

"嗯,所以要准备迷彩斗篷。这也是SJ里得来的经验。"

上次莲的起始地点就是对她不利的森林,后来是用M借给她的迷彩斗篷来隐藏的。如果没有那个,或许在扫描之前她就会被拿冲锋枪的小队发现了。

这次莲也准备了同样的绿色迷彩斗篷,想到还有雪山,又另外准备了全白的斗篷,还算上了不可次郎那份。

"哇,准备好充分!多谢了。"

在比赛开始的时候,各小队至少相距一千米,需要玩家进行移动,发现敌人,展开攻击。

不过,为了让一直隐藏的小队暴露出来,还会安排卫星扫描。设定上是由人工卫星进行探查,每十分钟显示一次各小队的位置。

"会在开始前一刻拿到卫星扫描终端那个道具。它会像智能手机一样显示出地图,还能投影到空中显示出立体图像。"

扫描只显示小队队长的位置,若是队长还活着,就是耀眼的白色,若是小队被全灭,会变成深灰色。

不可次郎听完了莲的说明后,说道:

"原来如此。能藏在同一地点的最长时间是十分钟吗?只显示小队队长的话,就可以像上回你们做过的那样,利用这个当诱饵把对手吸引来。不过,让只有六人的小队再分散战力,也不是多聪明的做法。队长被干掉的话,会顺延下去吧。那一开始先交给你可以吗?"

莲点点头,然后说:

"接下来是在SJ2里修改的规则。"

说完,她将窗口画面里的一部分规则放大。

"在第一届大赛里,地图上没有显示出队名。但在第二届大赛里,用手指触碰光点就会显示出队名。"

这次换成了和BoB一样的系统。

"也就是说,大赛开始十分钟后,我们就能知道每支小队的位置了。"

听到不可次郎这样说,莲竖起了食指。

"对!而且这个修改会非常有用!这样我们就能知道Pito在哪里了!他们的小队名字是PM4,要记好噢!"

莲从豪志悄悄发来的邮件里知道了Pitohui小队的名字,现在又告诉了不可次郎。

那就是她们在SJ2里要率先袭击的对手。

虽然对认真参赛的其他小队感到很抱歉，但莲可以完全无视他们。为了尽可能避开战斗，她甚至还会四处逃跑，不让人发现自己。

"PM4啊，明白。意思是Pitohui和M之死吗？这名字可真不得了。"

"我发现的时候也是哑口无言……"

"好了，说不定是下午四点的意思呢，表示有些迟的下午茶时间。"

"真是那样就好了……还有一支叫SHINC的，是上次战斗到最后的附属高中新体操社的孩子们。她们很强，需要避开，碰上就全力逃走吧。虽然她们说过'下次有机会的话要一决胜负'，但这次就算了。当然，如果是在打倒Pito之后，倒是可以认真打一打，对手仅限于她们。"

"咦，别说仅限于她们啊，把剩下的所有队伍都杀掉吧？勇夺二连冠啊！"

"哈哈，你真可靠。MMTM这支小队也很强，要注意。其他的嘛，能看到好些上次参加过的小队名字，但……转播录像上没有名字，在遇到之前也无法摸清他们的武器和实力。所以……都要警惕。"

说到这里，莲的表情由晴转阴。

不可次郎对长叹气的莲说：

"怎么了？要去厕所吗？自己能去吗？要我陪着吗？"

"不是！"

VR世界里不需要上厕所。当然，莲也知道不可次郎是在明知故问。

"我就是在想，我真的能打倒Pito吗？如果我失败了，可能就有人会死……"

莲露出了仿佛马上要哭出来的表情。金发的"见习魔女"却对她嘻嘻一笑。

"那种事，你现在烦恼也没用吧？真做不到的时候再烦恼就好了。看来，酒好像不够？"

不可次郎动起左手，很快桌子中间又弹出一杯冰红茶。

"来，喝吧，我请你。"

"谢谢……不可，不，美优。真的很感谢你。"

"怎么了？你就这么喜欢冰红茶吗？"

"不是这个啦！谢谢你一直陪着我，还暂停了你那么喜欢的ALO，跑到GGO来参加SJ2，太感谢了。"

莲深深地鞠了一躬。

"喂，女人的友情无需言谢吧？这样我多不好意思啊。"

不可次郎生硬地说道，然后又说：

"没什么啦，这人情我也会找你讨回来的嘛！"

"我知道！有什么是我能做的，你尽管开口！"

"好啊，带我去参加神崎艾莎的演唱会吧，还要位置最好的特等座。这样就算我们两清了。"

"嗯！不过这说不定才是最难办到的事……"

第五章 大赛开始

第五章 大赛开始

2026年4月4日，星期六。

从十二点起，日本各处深潜入日服GGO的人数就不断增加。

东京的天气晴朗又温暖。某栋高层公寓的某间房间里——

"准备……完毕！"

小比类卷香莲拉上房间窗帘，遮挡住外面明亮的光线，换上淡黄色的睡衣，再调整好空调和加湿器。

"好，去一决胜负了！然后……我要救下那个人！"

她仔细地戴上AmuSphere，躺到床上。

飘雪的北海道，某栋房子的起居室里——

"哎呀，都这个时间了，不妙不妙。"

正哧溜哧溜地吃着方便面的美优慌忙将剩下的面塞进嘴里，再喝掉杯子里的汤，又将塑料瓶里的茶快速灌进喉咙。

接着她跑去厕所，然后回到自己房间，就这么穿着家居服往床上一躺。

"好，来大闹一场吧。"

她伸出手，一把抓住用了有些年头的AmuSphere。

"啊，在这之前，要不要吃点冰激凌当饭后甜点？"

说完，美优放下AmuSphere走出房间，向着冰箱走去。

在都内的不同家庭里，女高中生们戴上了AmuSphere。
在日本各地的男人女人们，都戴上了AmuSphere。

另外，都内某处拉着窗帘的高级公寓房间里——

"啊，好激动呀！"

一个年轻女人兴奋地说道。

她站在黑暗的房间里，旁边放着一个长度近三米的茧形物。

"那么……"

女人将手放上去，那个巨大的茧就开了口。在被红色LED灯照射的内部，装有深度约为四十厘米的黏稠液体。

这是名叫隔离箱的机器，又叫浮箱。

将身体泡在盐分浓度高且和体温同温度的液体里，关上盖子熄了灯后，里面就成了一个感觉不到声音、光线、味道、触觉、甚至重力的世界。

这个机器能够完全遮蔽人类的五感，令人感受到极致的放松，原本是用于调整疲惫的身体和精神的。不过，也能用于深潜技术。

一般的AmuSphere也能遮蔽五感，但还是会传进一点点噪音。

若是进入隔离箱，五感的遮蔽效果就能达到极致。也难怪在游戏中认真追求极致体验的玩家会热切地渴望拥有它。

这种隔离箱能从疗养院或是高级网吧租借到，即使是便宜的款式，价格也相当于一辆小型汽车，贵的相当于一辆高级车。

若不是非常有钱的玩家，是不可能摆在自己家里的。

"接下来，能不能活着从这里出来呢……"

全裸的女人愉快地低声说着，走进了箱中。

在这个隔离箱旁边，还有一个一模一样的隔离箱。

那个隔离箱的盖子上加焊了钩子。

为了让它无法从里面打开，还锁上了一把沉重的锁。

SJ2的大赛总部，和上一届一样，还是定在了SBC格洛肯的大型酒馆。

参赛玩家于12点40分在此集合、等候，12点50分会被同时传送进准备区。

玩家们有十分钟的准备时间，用于实体化装备。随后，SJ2在13点整开始。所有人将一同被传送进地图。

从那一刻起，他们就会开始毫不留情地厮杀，直至只剩最后一支小队。

战斗录像由运营方拍摄并转播。空中会有好几个显示摄像头位置的标志来回飞舞，拍下玩家们战斗的精彩瞬间。

想看实况转播的观众，以及被杀、淘汰后的参赛者们，都能在酒馆里吃吃喝喝，观看战斗转播，随意发表自己的见解。

上一届比赛耗时一小时二十八分钟，但参赛的只有二十三支小队，还没有举办预赛。这次参赛队伍数量达到三十支，究竟是会花更长时间，还是会因为激战早早结束，这谁都说不准。

12点20分过后，酒馆里已经来了不少人。

参赛的玩家们也三五成群地聚集在一起，四处都在响起"加油啊""绝对不会输给你们""干掉所有人"等话语。

SJ2和上一届一样，没有举办BoB的那种体育博彩。因为运营能力的问题，无法像BoB那样严防作弊——也就是外挂。

相对的，第二次举办的"预测在决出胜负前一共会打出多少发子弹"有奖竞猜，也再次掀起热潮。大家纷纷将票投给了高于上一届开枪数的那些数字。

在这样的气氛当中，只有极少数队伍能在走进酒馆时就如波浪扩散一样使众人安静下来。

首先是上一届的季军，种子队MMTM。

显示时用的是简称，他们队伍的全名是"Memento Mori"。

这是拉丁语，意思是不要忘记自己终有一死。来源是一句谚语——人终有一死，享受当下，过不悔的人生。

那六个男人在肩膀上别着以死亡为主题的匕首骷髅徽章，走进了酒馆。

他们在上次比赛里穿着各自的迷彩服，这次大概是为了重整气势，换成了统一的服装。

他们的服装是北欧军队使用的迷彩服，将一块块深浅不一的绿色几何图形组合在一起，是不怎么常见的时尚设计。

和其他角色们一样，他们身上只有靴子和上下身的迷彩服，装备都放在仓库里没有取出。但看过上一届录像的人就会知道。

他们的常用武器是作为主火力的HK21，7.62毫米口径机关枪，和五把欧洲产的高性能攻击步枪。当然，前提是这两个月内他们没有更改过武器。

毫无疑问，他们是这次的冠军候补之一。

"要是开博彩，我会压他们赢。"

"也说得过去，他们的小队综合实力是最强的。"

酒馆里传出了这样的声音。

比他们晚一点走进来的六个女人，身上的气势也足以让再次开始热闹起来的酒馆安静下来。

她们穿着图案由无数小绿点组合而成的迷彩服。

梳着辫子的强壮女人，戴墨镜的金发美女，胖墩墩的矮女人，小商业区里的大妈，银发狐狸眼，酷酷的黑发，这是一支六个人都个性鲜明的女战士集团。

虽说是GGO里难得一见的女性角色,但没有一个观众会对她们发出"嗨,小姐们"之类的下流叫喊声。

她们——SHINC,正是上一届的亚军,而且打倒的玩家人数还遥遥领先于其他队。酒馆里也有许多被她打败的角色。

MMTM的队长是拥有参加BoB实力的玩家,角色还很帅气。他突然离开举着杯子要干杯的队友们,走向和女摔跤选手一样有着强壮体格的女人,老大。

然后——

"嗨,几位小姐。上次没能和你们碰上,我很期待在这次的战场上相遇。在那之前,你们可别死啊!"

他带着目中无人的笑容,说出这么一句话。

老大微微一笑。不过,她的表情里没有什么妖艳的女人味,而是透露出一股摄人的魄力。

"那是当然。你们也是,在被杀之前请好好自报家门啊,否则,我们说不定都注意不到。"

她回应了刚才那句挑衅。

酒馆里的气氛也因此猛地热烈起来,连队长吃了亏的MMTM队员们都乐了,围着桌子的五人鼓掌笑了起来。

那位队长也不是这样就会恼羞成怒的小气男人。

"那我就拭目以待了!很高兴这次你们也来参赛!"

他笑着摇了摇两根手指,走回队友身边。

女战士集团进了酒馆的包厢。过了两分钟左右——

"喂,是那家伙……"

一个山一般魁梧的壮汉进了酒馆的门。

他身高接近两米,胸膛像防洪堤一样厚实,手臂像排水管一样粗，体形像外国健美先生，留着棕色的卷发。

他下半身是仿佛要被撑裂的刺眼迷彩长裤，上半身是能勾勒出肌肉形状的棕色紧身T恤。

只要是看过上一届SJ的人，都不需要别人解释他是谁。

他的名字是M。

他和一个粉红色的小不点组队，才两个人就报名参赛。虽然战斗次数不多，但每次都能击中敌人要害取得战果，还和刚才的女战士集团进行了最终决战。他有一面能弹开7.62毫米级别子弹的强力盾牌，还是个使用M14·EBR的高手。

上次比赛途中，他突然用手枪指向小不点并开枪，被对方避开后又被反攻，之后两人就暂时分开行动了。

对于那段突然发生的内讧，观众们有着各种各样的猜测。

有人猜单纯是因为往后的作战计划而起争执，甚至还出现了阴谋论的猜测，说他们的作战计划经由观众向女战士集团传递信息，令对方放松警惕。

结果那原因到现在还是个谜，也没人敢去当面询问。

男人在最后的最后参加了战斗，以高精准度的狙击支援了独自奋战的小不点，干掉三名敌人，漂亮地夺得了冠军。

MMTM成员们上次在湖畔被M和小不点被全灭，他们远远地看着M，你一言我一语地开了口。

"他果然来了……没有弹道预测线的男人……"

"我们要复仇。若是碰上，就照训练时的方式打。"

他们中有五人倒在了M擅长的无弹道预测线狙击之下，当然会对他怀恨在心。

M的身后又跟着走进来几人，应该是他队伍的成员。

是四个男人。

所有人都穿着同样的迷彩服。

那是会让人联想到爬虫类皮肤的恶心图案，浓淡渐进的棕色和绿色组合在一起，在荒野和森林中的隐蔽效果很好。

"那些人是谁？"

让客人们吃惊的是，那四人全都用迷彩面具严实地盖住了脸和头，甚至还戴着有色护目镜，让人完全认不出他们是谁。

若是在战斗中戴着迷彩面具和护目镜还能理解，但也用不着现在就戴上吧？

这一刻，酒馆里的人想法全都一样。

要分辨那四个人，就只能通过他们那各不相同的体形了。

其中一人，个子有些矮——在GGO里的男人中算矮的，身高有一米六五。

另一人个子很高——没到M那种程度，但也是个身高超过一米八的魁梧肌肉男。

还有一人很瘦——身高约一米七，手脚却像棍棒一样，身材很纤瘦。

一人很胖——有个圆滚滚的大肚子，身形看上去就像一名相扑力士。

那四个男人目视前方，一言不发地跟在M身后。

虽说这里只是模拟的VR游戏，他们的一举一动中散发出来的气场却也真实地传达了出来。

聚集在酒馆里的角色们议论纷纷。

"看上去很强。"

"嗯……蒙着脸可能是因为模样和名字都很出名。"

"说不定是能参加BoB的那些家伙。"

众人都觉得那四个人应该很厉害。

身为上届冠军之一的M，和带着可怕气场的这些人组队，究竟会展现出怎样的战斗呢？这支小队的动向越来越让人期待了。

在这样的紧张感当中——

"哈喽！让大家久等了！"

一个仿佛在缓和气氛的声音响起。

盯着M一行人的大家连忙看向入口，就见到一个迟了一步进来的女性角色。

她的身高约一米七五，黑色的头发在脑后扎成一个高马尾，服装是深蓝色的连体衣，展现出她的身体曲线。

她的皮肤是褐色的，全身肌肉线条紧致，和什么柔美、丰满完全不沾边。

脸上的五官也带着一股清冷凌厉感，虽然是个美女，但两颊上有砖红色的几何图形刺青，整个人散发出一股危险的气息。

"哎呀呀！久等了，各位！大家今天都来看我的活跃表现啊！真不错！敬请期待啊！"

女人兴致高昂地向四周发话。

"……"

但酒馆里的客人们却不知道该做出什么反应才好，都呆呆地张着嘴。

她是跟着M他们走进来的，肯定也是那支小队的一员。

可是，和之前的五人相比，她这种毫无紧张感的样子是怎么回事？

"谢谢啊！让你们久等了！谢谢大家支持我！"

女人东张西望地挥着手，向酒馆中央走去，那亲切的样子让人禁不住想吐槽一句"你是来选举的吗"。

众人也不在乎她会不会听到，纷纷议论起来。

"怎么回事，她也是M的队员？"

"应该是吧。不过……只有她一个人格格不入。"

"骑士们保护的公主殿下？"

"宅圈公主这词，有十年以上的历史了吧。"

"谁知道这种没人用的词，和三十岁上下的人有关系吗？"

"没有。宅圈里的公主殿下，就是指没有女人气息的圈子里唯一的女人。意思是是个女孩就能当公主。"

"难道，您其实挺大年纪了？"

"别突然用敬语啊！"

"这次那个男人……还有其他四个人，都是那位公主殿下的护卫吗？这么说，他们没打算认真战斗？那可就遗憾了……"

"小姐姐很漂亮啊，要是去掉脸上的纹身，就是我超级喜欢的类型。是刚刚开始玩吗？让我来手把手教她怎么攻击吧……"

"你这个变态。"

"那你看到那么美的女人站在面前也会没反应？你现实中是个老头子吗？"

"问别人现实情况的都是小鬼。"

"你说什么？"

"别吵了，真丢脸。谁知道那女人在现实中是不是这个岁数，这个样貌啊……"

就在男人们胡言乱语的时候，女人已经进了M所在的酒馆包厢里，看不见身影了。

"那家伙……Pitohui……那女人……居然还待在GGO……"

一个男人这样低声说道。

"你认识她吗，队长？"

举着HK21机关枪的杰克一脸意外地问道。MMTM的其他队员们也同样不解地歪过头。

自家的队长竟然知道女性角色的名字，这可真罕见。

他们一致这么想。

因为他是个禁欲主义者，沉迷游戏，总是故意无视女人。刚才的女战士们已经是例外中的例外了。

队长露出非常不愉快的表情，回答了队友们的问题。

"在我刚开始玩GGO的时候，已经是一年前了吧……我和她曾待在同一中队里，虽然只有很短的一段时间。当时她脸上还没有纹身，头发也是方便战斗的短发，服装也不是现在这样。"

"噢，我还是第一次听说。"

杰克这么说道。

"因为我从没告诉过别人。那时候所有玩家都是新手，尽管如此，大家还是紧握着杀伤力较小的便宜枪支，努力升级，想要变得比别人都强。是个好时代啊……"

"队长，别说的像个老头一样。"

"不过，你后来为什么不和她一起战斗了？因为那个女人很弱吗？"

队长说了句"不是"，将杯子里的酒全喝了——这是喝不醉人的酒。

"那个女人很强，行动特别利落。虽然我不知道详情，但她以前应该玩过很长时间的完全深潜型游戏。"

"那你怎么不和她交好？"

"不可能的。"

"为什么？"

"因为那女人从来不把队友当回事。若是自己面临死亡危险，她就会毫不在意地把队友当成盾牌，队友还在怪物身边的时候，她也会毫不犹豫地扔出手榴弹。就算队友因此而死，她也会露出笑容。而且，她自己死时也一样。我可不想和那种会找死的家伙一起玩。我是带着'别忘记死亡'的想法活着，那个女人的活法却是'想忘记自己还活着'。"

"真危险……那当然会退缩了。"

"听说她离开中队加入另一个后，又会重复那种做法。渐渐地，就哪里都不欢迎她，她也不想再加入中队了。在知道这事的老玩家当中，Pitohui这个名字就是个禁忌词。"

听到这话后，MMTM的队员们都或是吃惊或是害怕地缩起了肩膀。

其中一人说："那为什么她这次会和M组队参赛？"

"我不知道……只是，我们不能大意。仇当然还是要报的，但要更加警惕才行。可以把他们当成一群不知道会做出什么事来的亡命之徒。"

队长的表情太过认真，五人都沉默地点了点头。

"有人知道Pitohui这个名字的由来吗？"

"不知道，想象不出来。"

"的确。"

"同上。"

"听起来倒是挺可爱的。"

"是妖精吗？"

听完五人的回答后，队长才说出了答案：

"是一种鸟的名字。我记得是只有新几内亚才有的鸟。"

"那不是很可爱嘛！"

杰克发出这种感想后，队长眯起了双眼。

"哪里可爱了？Pitohui这种鸟可是有着人类触之即死的神经性剧毒。正适合那家伙。"

五人立刻安静了下来。

"不要大意。"

桌上响起队长简短的话语。

五人或六人一起走进来的玩家们基本都是参赛者，但不足以吸引酒馆众人的目光，大多数时候大家都只是简单地扫一眼。

不难想象，面对这种情况，参赛者们都会想"等结束时，你们看我们的眼神就会变了"，总是会觉得"下一个英雄或女英雄就是我"。

在这当中，一支四男一女的小队走进酒馆时，男人们都带着高兴的笑容，女人却非常不高兴地沉默着，形成鲜明的对比。

她的角色外表大概在二十五到三十岁之间，是个长相十分清秀的美女。

美丽整齐的齐肩短发是像嫩叶一样鲜亮的绿色，在现实中很难见到，但在科幻世界GGO里完全没有违和感。这个世界甚至还有像动画角色那样夸张的发色。

她的服装和其他四人一样，是棕色的工装裤和长筒靴，上半身则是简单的黑色T恤，身材相当惹眼。

看到她后，有好几个男性角色被她的外表所吸引。但她一直板着脸，也没人敢上去搭话。

时间就这样过去，距离第二届Squad Jam开赛只剩几分钟了。

参赛的男人们和女人们都渐渐停下了虚拟饮食，气氛自然而然地紧张了起来。

在被斗志席卷的酒馆里，众人终于产生了一个疑问，而讨论这个问题的人们也开始嘈杂起来。

他们议论纷纷。

"还没看到吗？没有来吗？"

"上次拿冠军的那个粉红色小不点还没来？"

时间来到了12点45分，如果没在剩下的五分钟内走进酒馆，就会被算作迟到，无法参赛。

"喂喂，还没来啊……"

银色短发的塔妮亚揭开包厢的帘子探出头来，担心地说道。

"保持平常心。"

坐在她旁边的罗莎这样教训她。

"……"

老大那张严肃脸没有一丝变化，就像一块耸立在那的岩石。

又过了两分钟，三分钟——

真的要迟到了吗？上一届的王者竟然会因为这种原因被淘汰吗？12点48分，就在众人这么想时——

"赶上了！"

"哎呀！真是好险！"

两个角色高声叫着跑了进来。

虽然两人都用棕色斗篷遮着身体和头，但从身高和女性的声音就能分辨出来，就是这个小不点没错。上次大杀四方的冠军——莲。

和莲一同进来的是个同样娇小的角色，而且也是女的。看来她就是莲这次的搭档。

看到她们没有因为迟到这种愚蠢的理由被淘汰，酒馆里发出了欢呼。

"来了！上次的王者！小莲！"

"又是组了个双人队参赛吗？可真从容啊……"

"比起没用的六个人，厉害的两人更好打？"

"期待你打出比上一次还精彩的战斗啊！"

"另一个披斗篷的应该也是女孩，我闻味道就知道。"

"原来你是个变态。"

男人们又开始胡言乱语了。

而当事人莲和不可次郎却没心思关注酒馆里的情况。

"还有喝东西的时间吗，莲？"

"还喝？又不渴，用不着了吧！"

"这是仪式感啊，仪式感。来喝一杯吧！提前庆祝夺冠！"

"什么仪式感……说不定又会拉肚子。"

"真是的，能拉的都拉完了，没事的！"

其实，莲和不可次郎原本该在二十分钟前就来到这里的。她们计划在熟悉的街上会合，再由莲带路过来酒馆。

就在她们要一起过来时，不可次郎的AmuSphere启动了安全装置，强制关机了。她就像神隐一般，突然在莲的眼前消失了。

莲等了好几分钟都不见不可次郎回来，发了消息去问，就收到美优用手机发回来的回复。

"糟糕，刚才冰激凌吃得太急，闹肚子了。"

"啊？"

这一记精神冲击太过强烈，莲甚至怀疑自己也要被强制关机下线了。

之后——

"还没好吗？"

"现在还在咕噜噜叫。"

"还没好？"

"正在擦屁股。哇，纸用完了！"

"动作快点啊——"

两人好不容易再次会合，全力冲向酒馆，这才总算赶上。

"唉……"

莲累得如同自己已经打过一场比赛了。

她们连进包厢的力气都没了，只在入口附近找了张空桌子，就在沙发上坐了下来。

不可次郎快速地点了柠檬苏打和冰红茶，两杯饮料也立刻从桌子里弹了出来。

只剩下不到一分钟的时间。莲无力地抬起头看向天花板。

"嗨！小莲！"

她听到有熟悉的声音在叫自己。

"……"

莲将脸转向发出声音的人。

好久没见，Pitohui还是老样子，让她既怀念又害怕。

"恭喜你上次夺冠！"

是她熟悉的那张无忧无虑的笑脸。

"谢谢！"

这一刻，莲抛开一切，直率地回答道。

这时，宣布SJ2参赛者将在30秒后被传送往准备区的广播声响了起来。

"哎呀，没时间悠闲地说话了。"

Pitohui非常遗憾似的眯起刺青上方的双眼。

"Pito……"

莲拿着装有冰红茶的玻璃杯站起身。

"嗯？"

"我会加油的，请拭目以待。不要忘了我们的约定。"

Pitohui眨了眨眼。

"嗯？虽然不是很明白你的意思……不过，我知道了。另外，都说了不要用敬语！没时间了，你还有什么想说的吗？"

她这么问。

"我绝对会打倒你。"

莲立刻回答。

"哈！"

Pitohui带着爽朗的笑容离开了，莲用吸管一口气吸完了冰红茶后，一脸坚定地看向坐着的不可次郎。

"走吧，搭档。"

"好！"

这时，传送开始了。

表情严肃的莲。

"让、让我再喝一点……"

还有慌忙去够吸管的不可次郎，都化为光粒子原地消失了。

在昏暗的准备区里，每个角色有十分钟的时间来将自己的装备实体化。

莲将卫星扫描终端的使用方法教给不可次郎，脑子灵活的不可次郎很快就理解了用法。

这个像智能手机一样的装置就是她们在SJ2里的保险索，虽然不会损坏，但极有可能弄丢，需要多加注意。

正如莲预想的那样，这次扫描终端没有了不可破坏这一属性，系统还贴心地进行了广播。它会一直作为道具存在，不过包含子弹在内的各种攻击都会穿透它。

在只有两个人的黑色空间里，莲和不可次郎的眼前出现了巨大的数字——"准备时间04分33秒"，并且数字还在不断变小。莲已经穿戴好所有装备，变身为粉红色的战士，等待出战。

她的服装和上一次参赛时完全一样。

战斗服就不用说了，从鞋子到手套，包括戴在头上的针织帽，都是粉红色的，脖子上还有粉红色的围巾。

武器是P90，她用肩带将二代小P挂在肩膀上。

放在身上、能够快速更换的预备弹匣共计六个，分别放在左右大腿的弹药袋里。若是再多带，行动就会受阻，所以她选择了保持自己舒服的状态。

不过放在仓库里的弹匣数量是上一次的三倍，也就是九个弹匣。P90的一个弹匣能装五十发子弹，因此她身上的十六个弹匣就是八百发子弹。

这次她还买了一个P90用的选装部件，也收在了仓库里。

至于作为投掷武器的等离子手榴弹，这次她一个也没带。

若是挂在腰间，会有被击中诱爆的可能，她干脆就把这部分重量挪到预备弹匣上了。

另外，作为在最后关头使用的武器，她在后腰配了一把可用右手拔出的特战匕首，全长三十厘米，涂装成黑色。

SJ2当中唯一能够使用的医疗道具，是自动分配在仓库里的注射器，急救医疗针。使用一支能恢复所失生命值的百分之三十，但治疗完成需要花费一百八十秒，在战斗中无法使用。

在上一届SJ里，莲用了整整三支。若是没有医疗针，她肯定就死了。这一次，她祈祷着最好不需要使用，然后将医疗针放在了位于身体前方容易拿取的袋子里。

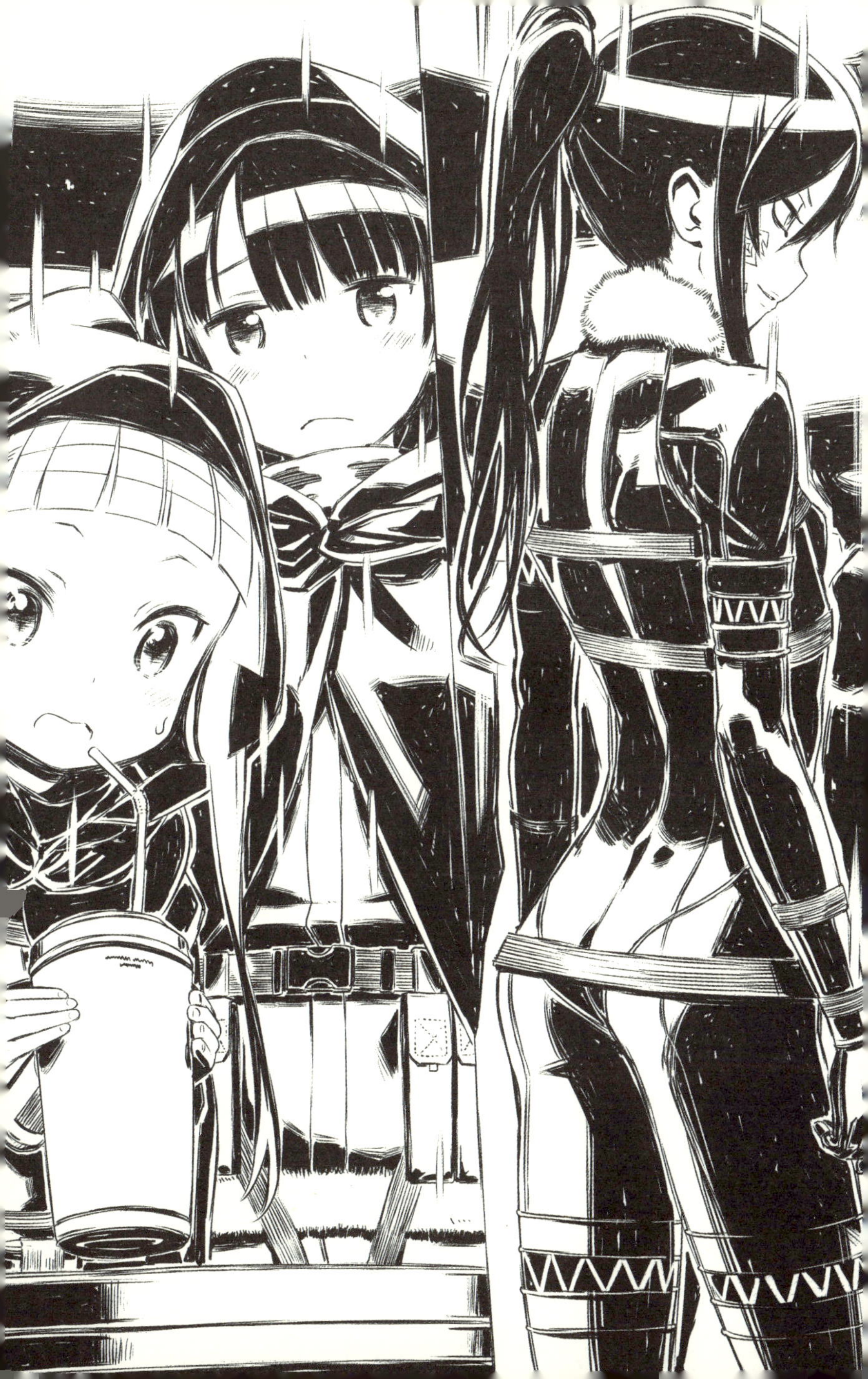

虽然想尽量减轻负重，少拿东西，但测量距离的单筒望远镜还是必不可少的，莲将它装在腰后的袋子里。

和匕首一样，那是她在上一届SJ里向M借的东西，这次她用练习时赚来的点数买了一个。因为不知道会在什么情况下使用，就没有将它涂装成粉红色。

当然，莲也没有忘记在仓库里放几件在不同地形中用来伪装的斗篷。这些斗篷很轻，带着也无妨。

"还没到啊？"

不可次郎也做好了大杀四方的准备，等待倒计时结束。

她将金发绑起，头上戴着大大的头盔，身上穿着通用型迷彩衣，和装有防弹钢板的绿色背心。

武器是两把MGL-140，分别挂在左右两肩。

另外，不可次郎给这两把武器起了名字，右手拿的那把右太，左手的那把叫左子。

右手用的肩带挂在枪的左侧，左手用的则相反，不过，只要碰一下安装用的金属零件，就能交换肩带。

"外表看上去完全一样。取下肩带后，你能分清哪一把是右太，哪一把是左子吗？"

莲曾这么问过。

"很简单啊！这两把里面，右手用的就是右太吧？"不可次郎这样回答。

也就是说，哪一把叫什么都无所谓。

她背的背包里，装的全是榴弹。

包里面仔细地设了间隔，不管是从右侧还是左侧，只要把手向后伸，就能将榴弹一个接一个地掏出来。

她的仓库里也塞满了榴弹，重量恰好卡在差一点就会因过重而移动受限的承重线上。

另外，她的右腿上还套着M&P手枪。并为它准备了三个预备弹匣，共四个弹匣，六十八发子弹。当然也带了急救医疗针。

不可次郎向莲问道：

"其他人会带什么装备呢？"

"我也不知道。不过，M大概会用和上次一样的枪和盾。"

"Pito呢？"

"那就更不知道了。我每次见到她，她的枪都不一样。只是，她的力量值挺高，应该能装备许多相当厉害的枪。我们得做好面临强大火力攻击的思想准备。"

"那另外四人呢？"

"没有任何信息……"

莲回答问题时，开始不安起来。

虽说接下来要开始的是游戏当中的比赛，但对Pitohui和M来说，这是赌上生死的战斗。

并不会实际赌命的自己真的能制止他们吗？会不会在意志上输给他们？

莲的脸色越来越阴沉。

不可次郎在她背后拍了一下。

"好了好了，Pito的小队也有可能夺冠吧？只要没战死，他们就不会死吧？"

"你说的也没错……"

但自己也不能只抱着那样的期待就什么都不做。

不管怎么说，最可靠的结果就是自己赶快打倒Pitohui。这也是她现在在这里的原因。

当然，如果最后只剩下自己和Pitohui的两支队伍，到时投降也是可以的。即便困难重重也要解决掉对方,那才是身为GGO游戏玩家该做的。

"嘿!"

莲猛地拍了下自己的脸。

不要再犹豫了!

战斗!

然后——

打倒她!

等待时间的分钟数已经变成了0,只有秒数在毫不留情地减少,43、42、41、40、39……

莲拉动P90的填装把手,随着干涩的金属音响起,第一发子弹被送进了枪膛。

第六章 诱杀陷阱

第六章 诱杀陷阱

下午一点整，莲和不可次郎被白光笼罩。

"这里是……街道吗？"

视野再次恢复时，莲站在城市的道路上。

她环视四周，发现不可次郎就在自己身边约两米处，同样在东张西望。

每支小队的起始地点距离其他小队最少也有一千米，所以不会立刻撞上对手。

不过如果是使用338拉普阿马格努姆弹的强力狙击枪，又或是使用12.7毫米弹的反器材步枪，一千米是可以轻松击中目标的有效射程。如果自己处在视野开阔的空旷地，就必须立刻卧倒。

确认过自己小队处在房屋的包围圈当中后，莲对不可次郎做出指示：

"暂时没问题！"

"明白。"

多亏了能自动调整音量的通信器，不管是小声说话还是大声喊叫，声音都能清晰地传到对方耳朵里，不会过于微弱也不会过于响亮。

莲不明白系统的构造，这个道具没有通话距离的限制，只要在SJ当中就能使用，不管是在建筑物里还是身处地下。

确认周围都安全后，接下来该做的就是确认自己的所在地。

莲所在的地方是城镇。

周围几乎都是平房，零星地分布着一些两层建筑，都是不常见的简约设计。总之，都些低层住宅毫无生气地排列在一起。在莲以前看过的好莱坞电影中，就有类似的住宅区出现。

大马路的两侧都是小店铺，每一间都关着门。走过大马路后就全是住宅区。

每一家的庭院都不怎么宽敞，房屋都挤在一起。

这里是最终战争后的地球，是个没有丝毫人气的鬼城。

家家户户的屋顶和墙壁都有破损，四处都能看到被打破的玻璃。好几根电线杆都倾斜着，电线垂了下来。荒废的柏油路上，有小草从裂缝间长出，又枯萎了。

莲抬头看向天空，发现上方阴沉沉的。

就仿佛往GGO世界里特有的红色天空中加进了一点深灰色，看着就让人很不舒服。

在非常晴朗的日子里——也就是大气成分发生改变，总是呈现出夕阳般颜色的天空下，莲的粉红色才是有效的迷彩色。

"嗯……"

现在这情况，自己的迷彩没什么效果，可能没法打伏击了。

而且，这一次的战场里有风。虽然莲站在地上只能感觉到拂过脸颊的微风，偶尔会变强一些，但上方的云相当快速地流动着。比赛中，天空怎么不放晴呢——莲这么想着。

在VR游戏当中感觉到的温度，会调整成在某种程度上不管什么打扮都能快乐地享受游戏。因此并不会让人感到冻死人的寒冷。但从冷嗖嗖的空气和枯萎的草木来看，这次大赛的季节设定应该是冬天，现在似乎都要下雪了。

"莲，你过来看看！"

听到不可次郎的话，莲从房屋旁边走了出去。

"噢？哇……"

那里有一样陌生的东西。

是墙壁。

莲前方的几百米处，房屋屋顶的空隙间，能看到垂直耸立的城墙墙壁。

那城墙的高度和二十层楼高的大厦差不多，应该有六十多米了，至于宽度，莲看不出是多少。

城墙应该是混凝土制的，颜色是冰冷的灰色。只看高度的话，东京的大厦要比它高得多，但城墙一直向两边不断延伸，看上去就极有压迫感。

"好像水坝。"

莲说。

"原来如此，那有水吗？要是决堤了，我们会被淹死吧。"

不可次郎说出了自己的感想。

莲不由得想象起毫不留情地向自己涌来的洪流。

"不可……不要用榴弹。"

"OK。不过，我只需一拳就能把它破坏掉。"

城墙笔直地向前延伸，然后在她们跟前转了九十度，又继续延伸出去，再前方就雾蒙蒙的，看不清了。这城墙似乎非常长。

莲觉得城墙的图案有些奇怪。以转角处为界，左边的混凝土上带着浅浅的竖条纹图案，右边则是横条纹图案。

"我明白了……这是地图的边界。"

莲发现了。

BoB也好SJ也好，战场都是一张边长十千米的正方形特殊地图。为了画出边界，运营方也做出了诸多努力。

比如说，BoB第三届大赛的地图是一座岛，而上一届SJ的地图则是用山谷和山峦来阻碍玩家们的行动。

"原来如此。意思就是，不管是谁都无法越过边界。毕竟这个世界的角色不会飞。"

不可次郎也理解了。

"我觉得，是用城墙围出了正方形。那就是其中一个角。"

"嗯……我们正待在地图的某一角。不过，这是哪里呢？"

至今为止，GGO中所有战场的坐标都设定为北半球，这次大概也一样。

现在是下午一点，本来只要看看太阳就能大致分清东南西北，可惜厚厚的云层挡住了太阳。

抬头可见的那个转角，究竟是地图的东北角还是东南角，或者都不是？

"现在就来确认一下吧。"

莲从胸前的口袋里取出卫星扫描终端，按下其中一个按钮。

两人眼前立刻浮现出显示有地形和物体的彩色立体地图。

这次的特殊战场果然是被四方形城墙围出来的空间。

根据地图的规则，上方为北来考虑——

左侧宽三千米左右的地区是城镇，从北向南延伸，是细长形的宽阔城镇。

宽窄不一的道路都按东西走向和南北走向规则地排列，形成棋盘一样的格局，看上去就和北海道的城镇一样。

在城镇中央的位置，有一条南北走向的铁路穿过。而在城镇中心偏北一点的位置上，有一座小车站，车站的月台无屋顶。

车站前有着很宽敞的环形车道，并且没有高楼大厦。周围的建筑都是平房。

和上一届那种像梳子一样并排耸立的大楼废墟相比，气氛大不相同。看来，这座城镇以前不是很繁华。

"GGO里有交通工具的吧？能不能开火车？"

不可次郎发出提问，让人分不清她是开玩笑还是认真的。

上一届SJ里提供了卡车和气垫船，这次或许也同样，没什么事是做不到的。但莲并不会开火车。

就算会开——

"你想开去哪里？"

"去更大的城市……对，去买衣服……"

"那要等解决了Pito的事情之后。"

地图的西北角，同时也是城镇西北角，有一个光点。那就是她们所在的地方，只会在初次显示出地图的前一分钟内出现。

SJ里的系统设定不是很友好，除了扫描之外，并不会另行告知玩家，他们现在的所在地，这对路痴来说是件很痛苦的事。

"我们现在在这里。也就是……地图西北端的尽头处。"莲指着立体影像说道。

不可次郎点点头。

"噢，明白。也就是说，竖条纹图案的是西边的城墙，横条纹图案的是北边的城墙。"

"嗯。竖条纹是西边！我记下了！另外，现在我们的北边和西边都没有敌人！"

"OK！OK！也就是敌人都在南边和东边！好！我往哪走？"

"等下等下等下。"

都还没好好看清楚地图——莲拦下热血上头的不可次郎，然后继续盯着地图看。

往后若是战况激烈，在扫描时说不定都没时间看终端，必须趁现在对所有地形有个大致的了解。

地图的北部中央是坡度不大的丘陵地带。

这种地形在她们的老家北海道也很常见，广阔的大地上有着连绵不断的小山丘。

没有树木，大部分都是草地，看起来很适合放羊。

而且，视野很开阔。

只要站到山丘顶上，就能清楚地看到谷底和另一侧斜坡。反之亦然。那里容易发现敌人，也容易被敌人发现。

"在那个区域要注意狙击手……移动时尽量避开那边吧。"

"明白。即使相隔几百米也会被打中吧？那太讨厌了。"

不管在现实中还是在GGO里，没有人不讨厌狙击手。

那是能从远距离放出必杀一击的死神，普通的士兵或是玩家的枪又打不到对方。而且，在不知道对方位置的情况下，就连弹道预测线都不会出现，实在太可怕了。

在上一届SJ里，莲就曾被敌队中最厉害的狙击手托玛用德拉贡诺夫狙击枪狙击过，那种恐惧已经刻进了她心里。

还有M，他是个技术比托玛更胜一筹的狙击手。

希望Pito他们不要在那里不要在那里不要在那里……

莲在心中祈祷，将视线往下移。

"这是什么？莲，你知道吗？"

"不知道……"

丘陵地带下方，有一个圆圆的巨蛋形建筑。

"是球场吗？"

"好像是球场。"

不可次郎和莲看法一致。从外形上看，它非常像札幌巨蛋。

"棒球场有这么大吗？"

正如莲所说，那里实在太大了。那个圆形几乎就处在地图的正中央，直径达到两千米，高度应该也有几百米。

"这里是未来的地球，有这种东西也正常吧？棒球的规模也变大了嘛！"

不可次郎说了些无关紧要的话，不过现在也不需要在意那座建筑，莲就不再管它了。

不去实地看看，就无法掌握地形的全貌。那么大一片区域，应该不会禁止玩家闯入吧。

巨蛋的下方，也就是地图中部往南，有着大面积的绿色和土色色块，似乎是荒废的农田和树林。那里是平地，视野应该比不上丘陵地带，但也是需要注意狙击手的区域。

最后是东侧。这里不管北边还是南边都有山。

地图的右上方，即东北部的山，从图形的样子看算不得多险峻。颜色为白色，估计是坡度平缓的雪山，让人联想到滑雪场。

"这里多半能滑雪。莲，你有坐升降机的券吗？"

"很遗憾，没有。"

"那就只能自己费力爬上去了……"

不可次郎或许只是像平常一样在开玩笑，但那里说不定还真藏有六个滑雪板，莲认真地思考着。不，可能是动力雪橇。

另一方面，地图的右下方，即东南部的山就非常陡峭。

像是凹凸不平的岩石山，树木也很多，能看到表示岩石的灰色色块和表示树木的绿色色块混合在一起。倒也不至于无法攀登，但走进那片区域应该会很辛苦。

另外，一条高速公路斜斜地跨过山谷上方，将两座山连接起来。地图上还有一座桥，长度足有两千米。那是一座相当大的桥，距离谷底的高度估计达到一百米以上。

从图像上看，那不是吊桥，而是下方呈弓型的拱桥。没有桥墩却能支撑两千米的桥面，这在现实当中是无法实现的构造，但这里是未来的地球，而且还是在游戏当中。

高速公路在碰到山体时就会转为隧道，但图像中看不到另一侧出口，应该是超出了地图的范围。当然，这条隧道应该也是无法穿过去的，入口处说不定都被封住了。

"这座桥可以通过。不过，还是不要走的好。"

莲指着那座桥说。

"我知道，会被收过路费。"

不可次郎一脸认真地回答。

地图中央的巨蛋右边，有一条渐渐变细的山谷。

那里有一座建筑。从地图上看不出详细模样，只能看出是一座面积挺大的建筑。

建筑周围有许多植物。外围都是寒冷荒凉的土地，只有那一块生长着许多植物，只看地图的话无法得知其中原因。

而在树木的绿色色块间，还能看到一些蓝色的点和线。蓝色表示水的颜色，那些应该是散布其中的河流、沼泽或池塘。

在河流或湿地等水域，角色可以正常地跑过浅水处，若是水深，就需要将道具收进仓库里，再游过去。

另外，这个世界里的水都含有毒性，光是浸泡在水里，生命值就会不断地缓慢减少。因此，尽量不接触水域是GGO里的行动准则。

"这是什么地形？有植物和水，看上去像是精心打理过的公园……从这里看到的那座建筑物……是学校吗？"

莲小声地说着自己的推测。

"好。"

莲看完地图后，抬起了头。

"这么复杂又奇怪的地形，怎么可能全记下来啊！ALO里都是靠飞行移动的！根本用不着地图！"

"没关系，我记住了。"

上一届SJ里，莲在住宅区中迷路后，就深刻地体会到了解地理情况的重要性。不管是在GGO里还是在现实世界当中，她都在锻炼记地图的能力。

努力的结果就是，她对地形已经熟悉到在不看地图的情况下全力冲刺也不会迷路的程度。

这一次，M不再是她的队友，因此她必须自己设法解决地图的问题。

若是她不玩GGO不参加SJ，就不会掌握这种能力了。而现在，再没人能对她说"女人就是不会看地图"之类的话了。

"再说，地图本身是随时都可以看的，所以不用担心。只要别忘记自己现在的位置就行。如果你迷路了，待在原地别动，直接叫我就好。"

"嗯，明白。"

莲看了一眼左手腕内侧的手表，电子数字显示着13点03分。

她们先得找到能够确保安全的地方，等待13点10分的第一次卫星扫描。

在那之前，没必要勉强自己进行长距离移动。因为，在移动过程中撞到Pitohui小队的可能性仅为二十九分之一。不，考虑到M的谨慎，这个概率应该还要低得多。

莲想在第一次扫描时掌握Pitohui的位置。如果对方在附近，那很好，如果就在旁边，那就最好了。无论如何，她都会全力杀过去。

如果Pitohui在远处，她会想尽一切办法接近。

莲想尽量避免和其他敌人接触，但若是因此被敌人绕到背后偷袭，就本末倒置了。因此，路上该打倒的敌人她还是要打倒。

"好！先找一栋大房子藏起来。跟我走。"

和莲他们一样，参赛玩家们都在战场各处寻找能够安全等待初次扫描的地方。

大家都还清楚记得，在上一届SJ里，有两支小队刚一开始就乱跑，结果正好撞在一起。

那是发生在莲的起始地点——北部森林当中的事。

那两支小队立刻展开战斗，结果半数队员伤亡，之后又赌气对峙，最终被MMTM从侧面袭击，瞬间被全灭。

最开始的十分钟里绝对不能逞强——这是SJ的常识。

在这些参赛玩家当中，只有一个男人注意到了。

他叫住了队友们。

"喂！说不定……能从某个地方爬到那上面去？"

他指向前方，那里正是带有斜线图案的城墙。

* * *

13点09分30秒。

莲和不可次郎戴在左手腕上的小手表振动起来，那是她们设定的闹钟，在每次扫描的三十秒前启动。

现在两人所在的地方是一栋面向大马路的房屋旁边。

莲藏在一辆轮胎全部脱落、车身直接贴地的卡车后，在离她十米远的房屋墙壁边，不可次郎正趴在地上盯梢。

如果有人大摇大摆地从宽阔的道路上走来，从她的位置一下子就能看到。不过，没有哪支小队会做出这么鲁莽的事。

莲将单筒望远镜从眼睛前方拿开。

"这边没有看到敌人。"

"这边也没有。好闲啊！"

"那就看看扫描出的终端画面吧。按照我们的计划，如果附近有敌人，我们就先全力逃跑。"

"明白。总之，从其中一端开始碰一下光点，看到名字就行。交给我好了，字母我还是认得的。"

卫星从地图上空飞过时，会将小队位置显示在地图上，存活小队的队长位置显示为白色光点，被全灭或投降的小队的最终位置显示为灰点。

麻烦的是那颗卫星飞过的方向和轨道高度，也就是说，它每次扫描耗费的时间都不相同。

若是卫星缓慢地从自己的反方向扫描过来，就能先发现敌人，对自己有利，当然，反过来就是不利。这完全看运气，只有扫描开始后才能知道卫星究竟是怎样扫描的。

这次还需要触碰光点确认名字，如果扫描速度快，玩家们必定会手忙脚乱吧。

莲和不可次郎按下终端的按钮，画面上就出现了地图。

随后，时间来到13点10分，第一次卫星扫描开始。

这次扫描从正北方开始，缓慢得仿佛将地图从上到下、从左到右舔过一般。毕竟是最开始的第一次，为了让玩家们不那么手忙脚乱，运营商很贴心地放慢了扫描的速度。

很好。

莲从其中一端开始点击光点,开始寻找PM4。

出现在地图左上方的当然正是她们自己,LF。附近并没有其他光点。

莲放下心来。这样一来,在扫描过程中被袭击的可能性就很小了。

在她能记住名字的队伍当中,MMTM在地图右上方,也就是东北方向。恰好在莲她们的正东边,靠近东北城墙角的雪山上。

扫描渐渐南下,光点不断增加。她不停寻找,都没有找到PM4。

终于,三十个光点全亮了。

在哪里?哪里哪里哪里?

莲压抑住内心的焦躁继续点击光点,然后在西南角发现了SHINC。在她们的正南边。

她又点了下一个点——

"有了!"

最后的最后,莲终于找到了PM4。不可次郎也几乎同时发现了目标。

"找到下午四点了!在右下角!"

她的声音传进了莲的耳里。

"怎……怎么会这样……"

也难怪莲会这样抱怨。

Pitohui他们在地图的东南角。

也就是距离莲她们最远的地方。

"可恶啊——"

就在莲发出了仿佛连Pitohui都能听到的大声叫喊时——

"哎呀，莲她们在最远的地方。"

Pitohui坐在斜坡的岩石上，悠闲地说着。

而在她斜后方——

"……"

M沉默地盯着终端。

这时——

"莲她们在西北尽头，北边八千米以上的地方。"

老大一脸复杂地说道。她们现在在住宅区的某一个角落。

"要怎么办？"

罗莎问道。她架着PKM趴在地上，正盯着大马路前方，没有看扫描。

"很遗憾，看来要稍后才会和她们开战了。我们首先要对付的，是东北边距离最近的那一队。"

老大立即做出决定，和莲的胜负先往后推。

与此同时——

"这是故意将冠军候补分散在四个角啊！"

看着终端画面的MMTM队长理解了主办方的意图。

他站在像滑雪场一样的雪山缓坡上，以稀疏的粗壮树木为掩体，看着终端。

他身后是带十字图案的城墙。

13点11分。

"为什么……啊——"

GGO的世界里没有神也没有佛，也不知道神佛是在最终战争时和美丽的蔚蓝天空一起毁灭了,还是抛弃这个世界搬家了。

莲抬头向着阴沉沉天空长叹。

"大小姐……人生啊,可不是事事都那么顺遂的。"

不可次郎语速迟缓地说道。

"可你不也努力挺过来了……老身都看到了。"

"也……也是。"

那么,要做的事就只有一件!

莲强行转换心情,将终端收进胸前口袋里,以远超人类的速度冲到不可次郎身边。

"向东南前进!有人阻碍我们的话,就一个个干掉!"

莲和不可次郎在街道中全速奔跑。

从扫描上可以看出,距离她们最近的小队位于大路往南约一千五百米处。

幸运的是,其他小队的起始地点都靠近地图中央,目前位于她们前进道路上的小队只有那一支。

莲奔跑着。

虽说城镇已经荒废,但地面毕竟是柏油路,是最能发挥她速度优势的路面。

莲先是在街道上猛冲了两百米左右,这才找了掩体蹲下。

"好,安全。"

她向跟在身后的不可次郎发出指示。

不可次郎放下MGL-140,将其夹在两边腋下固定好,再追着莲跑过来。

然后莲再次向前猛冲。

若是她在途中发现敌人,并不会立刻攻击。

因为没有那个必要。她会立刻趴下或滚开,又或是滚到掩体后,总之先避开攻击。

如果期间没有被对方发现,那正合她意。她会悄悄把不可次郎叫过来,两人一同抢先发动攻击。

就算被对方发现,只要没有中弹,后续也是一样。她会快速撤退,重整势态,最终还是和不可次郎配合,发动攻击。

"不知道敌人在何处"这一点会令人感到恐惧,甚至比战斗还让人紧张。

当然,对方也一样。

遇敌之前的紧张感,和枪战当中的感觉完全不同。战斗中对着敌人不断开枪,反而会让人心情舒畅。

再加上她们现在所在的地方又是有众多掩体的城镇当中。

敌人会不会藏在那栋房屋后面?另一栋房屋的窗户里会不会有人狙击?

人一旦开始怀疑,就没完没了,身体也会跟着无法动弹。

喂喂,在哪里?让我把你们都找出来!

莲用勇气压下恐惧,依靠自己良好的视力和超乎常人的移动速度,继续前进。

莲提心吊胆地移动到距离目标约八百米的地方。

"看到了!"

运气站在莲这边。

就在她停下脚步观察四周时,目光扫过一处拐角,正好在前方大约一百五十米处看到了敌方小队。

他们占领了十字路口作为阵地。莲看到,有四人贴地趴在废弃车辆或垃圾桶后方,都举着攻击步枪等着伏击走进小巷的人。

现在剩余小队的数量还很多,采取这种防御性行动的确是合理的。与其鲁莽地四处乱跑，不如守株待兔。

事实上，如果莲走过那条路，就会被对方发现并遭到伏击。但会不会被打中又是另一回事了。

"我发现敌人了。你慢慢过来。"

莲向不可次郎传递信息，同时缓缓后退。当然，她也举起P90做好了准备，一旦发现任何动静都会立刻开枪。

莲和不可次郎会合后，两人慢慢向敌人靠近，不让伏击的敌人发现。当然，为了不被榴弹或是自动连射一下子干掉，两人拉开了十米的距离。

现在是13点16分，莲希望能在下次扫描前全歼对方。

时间离第二次扫描剩下不到四分钟，但枪战时常是突然开始又突然结束的，只要能按计划进行，这个时间应该足够。

莲指向隔着小路的一栋平房。

"那一栋！在它对面的路上向左拐，大约五十米前方，会和一条大路交叉，敌人就在那里等着。"

"明白。嘿嘿，好激动啊！就让我这个榴弹精灵来杀掉他们那些伏击精灵吧。"

不可次郎兴奋地说道。

接下来都不需要对作战计划多做说明了。

莲悄悄地从房屋另一面靠近过去，不可次郎则在比较安全的地方准备射击，等莲发出指示就打出榴弹。在狩猎怪物的时候，她们已经这样合作过多次了。

在这个距离下，偏差不会太大，六个榴弹应该能一个接一个地在对方周围爆炸。而几十米也是莲能轻松瞄准的距离，她会趁着对方混乱之际用P90狙击。

若是对方减员或是有人逃走，莲就向前冲刺，干掉敌人。

攻击的同时也可能会被拼命反击的敌人打中，说不定碰巧就有一颗子弹打中脑干或脊髓，受到致命伤害后会被系统判定为立即死亡。

只是，如果一遇到危险就要逃避，那就无法取得胜利了。虽然不能把轻率和大胆混为一谈，但不主动出击也就不会获胜。

"OK，交给我吧。"

不可次郎缓缓靠近那栋房屋，向着拐角的射击点走过去。莲警戒着身后，等待出击的时机。万一敌人分组行动，以电光石火的速度冲过来，莲至少能提前准备。

不过，并没有发生那种事。

"还差一点了。"

不可次郎蹑手蹑脚地沿着墙边前进。就在她即将抵达最佳位置时——

"嗯？"

听到她发出惊讶的声音，莲抬起头来。就在这一瞬间，不可次郎脚下的手榴弹爆炸了。

莲耳里传进含混不清的爆炸声，和不可次郎的叫声，也看到了那边的情况。

在墙壁边前进的不可次郎像是脚下一跸，整个人向后翻倒。

原因也是一目了然的。

是陷阱。

房屋一角拉了一条细细的线，粗心的人经过时就会引爆一个小型手榴弹。这种陷阱，莲在狩猎怪物时也使用过无数次，简单又有效。

固守防御阵地的小队也考虑到了会有敌人从建筑物背后袭击

自己的可能，就在附近的十字路口周围设了陷阱。

"啊！"

莲失策了，开始咒骂自己。

过去M对自己说过的话，自己竟然忘了对不可次郎说。

——要小心使用榴弹的诱杀陷阱。

"呀！"

不可次郎的背包先着地，小腿以下的部分都消失了。

她穿着黑色紧身裤的腿上闪着红色的中弹特效，在榴弹的威力下，她的双脚都被炸没了。

莲视野的左上方显示有自己和队友的生命值。

她自己当然还是绿色的满血状态，不可次郎的血条却是猛地退了一截，停在约四分之三的位置。

即使少了一双腿，血条也只是减少了四分之一，不可次郎真是结实得让莲感动，但现在不是想这些的时候。

"抱歉！"

听见不可次郎道歉，莲猛地向前冲。

选项只有两个。

一个是扔下动不了的不可次郎全力逃跑，独自一人继续打SJ2。

另一个是无论如何都要设法救下拥有强大支援火力的她。

莲毫不犹豫地选了后者。

在VR游戏里，角色并不会一直处于缺少手指或是四肢的状态，大概两分钟后就能恢复原样。若不是这样，碰上运气不好缺了脚的时候，游戏就无法继续了。

现在对面五十米处还有敌人。

"哇！有人中陷阱了！"

对方还在高兴的欢呼，绝对不可能继续等上两分钟。

对方应该不会全员行动，但肯定会有人认为这是对战的机会，然后从阵地里冲过来。现在应该已经有人在行动了。

莲小心提防着其他陷阱，并向不可次郎冲去，然后打开附近一栋房屋的玄关大门。

她看向室内，确认里面有没有陷阱。

"对不起啊——"

不可次郎露出十分愧疚的表情，莲伸出双手抓住她的背包，"嘿"地叫了一声，使出浑身力气，将她拖进屋里，随后又用最快速度关上门。

在这短短的时间里，莲发现了四处转悠寻找战斗画面的传播摄像头，显示其位置的红色标志正在俯拍自己。

屋子里拉着窗帘，光线昏暗，只能勉强看清厨房和起居室。

莲硬是拖着不可次郎来到房屋中央。摄像头没有追进室内。

几秒钟后，莲听到了蜂拥而至的脚步声。那是从屋外传来的，根本不需要猜测是什么人。

从热闹的脚步声来看，最少也有三人，可能更多。

"对不起！你扔下我快跑吧！"

不可次郎坐在地上，失去了双脚的两腿向前伸着，她正扭头这么说道。

"如果你死了，我会的。"

莲只回答了这一句。

过了一会儿——

"不在这！没有死！"

"逃走了吗？"

话语中带着些许紧张的声音传进室内。看来，这间房屋的造价一定很低。多亏如此，帮了莲一个大忙。

"不可能，应该是中了陷阱的！不可能还能走路！"

就算没看到，莲也能猜到，男人们应该是包围了这栋房子，并且举着枪，视线随着枪口而动。

"是有人背着队友逃向了马路对面吗？"

"不是，我没有看到！"

"怎么可能有那种时间！"

"那……"

"嗯，没有其他可能了！"

啊，被发现了——莲这时出奇地冷静。

"就在这栋房子里！"

"莲，快逃快逃。这里我会想办法应付的。"不可次郎小声地说。

但她根本无计可施，就她现在这个无法站起身的状态，即使她说要想办法，也只能待在原地攻击而已。

她的榴弹发射器为了不伤到使用者和队友，开枪之后榴弹要飞出二十米以上才会爆炸，而室内的最长长度还不到十米。

就算打破窗玻璃，对外射击，也无法进行瞄准。

如果要使用那把副武器的手枪来战斗，虽说能击退对手，但想用移动不了的身体来战斗实在太勉强了。

"不可……你待在这里，尽量俯低身体。"

莲用力握紧P90说道。

"从现在起，我要把周围那些家伙全部杀掉。"

"咦？"

屋里太暗,莲看不清楚,不可次郎应该是惊呆了。

莲又说:"就让你稍微见识一下SJ冠军的实力好了。"

刚一开赛,酒馆里的气氛就变得相当热烈。

观看实况转播的观众们对战况都了如指掌。

冠军莲所在的小队竟然会踩中那么简单的诱杀陷阱,现在还被困在狭窄的房屋里。

空中的摄像头拍出了两人所处的困境。

一栋破旧不堪的房屋,加上从伏击地点跑过来包围房屋的六个男人。

男人们有四把口径5.56毫米的M16A3攻击步枪。

一把9毫米口径手枪子弹的冲锋枪UZI。

一把伊萨卡M37泵动式霰弹枪。

"喂喂,冠军候补要在这里输了吗?不可能吧!"

有人对着转播画面喊道。他说出了所有观众的心声。

六个男人分别相距三米左右,呈扇型包围房屋。另一面没有安排人手,是考虑到子弹有可能贯穿玻璃或墙壁击中队友。

"看来那些家伙也不傻。好像是这一届初次参赛的败者复活队?如果能在这里打赢,可就大爆冷门了。"

"比赛就是这么无情。两人参赛,能力毕竟有限。如果是六人小队,那剩下的四个人现在肯定在攻击那些敌人了。"

"不行了吗?"

"不,我的小莲怎么可能在这里就输掉?"

"嗯,她什么时候变成你的了?"

在不知道紧不紧张的观众们眼前,巨大的转播画面中——

六人架好了枪,做好了一同射击的准备。

那个架着UZI的男人像是队长，他高高举起左手。就在他挥下左手的瞬间，六支枪口喷出火焰，扬声器里传出了枪声。

"啊！"

观众们发出的叫声被枪声盖了过去。

他们看到了。

在子弹打破房屋玻璃前，一个粉红色团子从里面冲了出来。

莲将室内的长度全用于助跑，顺势起跳，撞向窗帘，只用P90护住了脸。

莲撞破玻璃，撕裂破破烂烂的窗帘，跳出明亮的屋外。在身体还悬空时，她已经开始寻找猎物了。

"有了。"

左下方用UZI拼命射击的男人，成了她的第一个目标。

画面当中，粉色团子伸出右手，手中的粉色武器开始喷火。

来自空中的子弹打中了将UZI架在腰间开火的男人的头，他的头上马上出现了红色的中弹特效。

男人的脸和头的左侧中了五发5.7毫米弹，直接向右倒去。

他倒下时也还在开枪，但之后子弹用尽，射击就停止了。同时，他的身体上也亮起了"Dead"的标志。

下一个！

莲在落地的同时向前翻滚，移动速度一点也没减缓。当她滚了三圈站起身后，前方一米处是一个举着M16A3的男人，对方正要转向她。

没那个必要了。

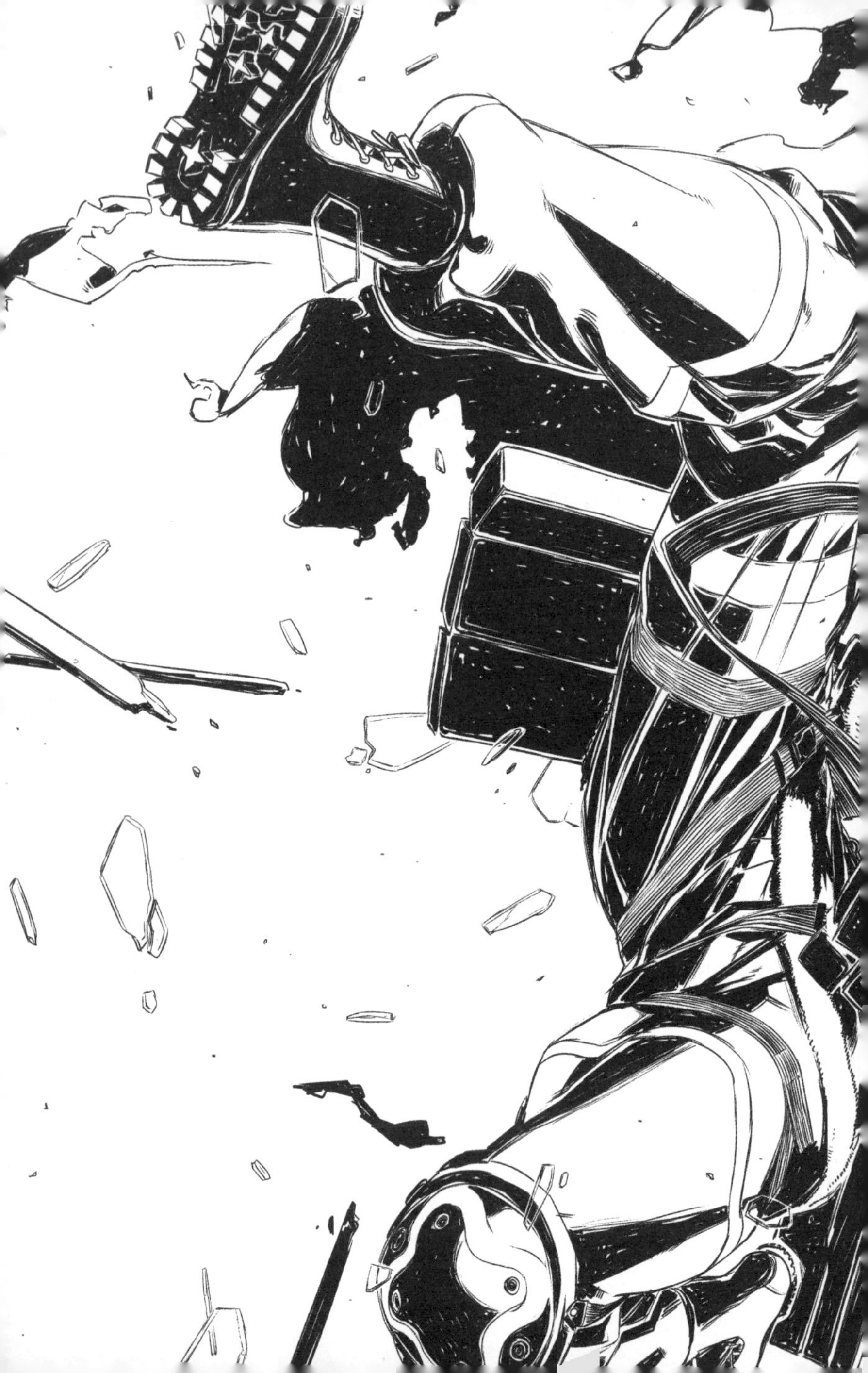

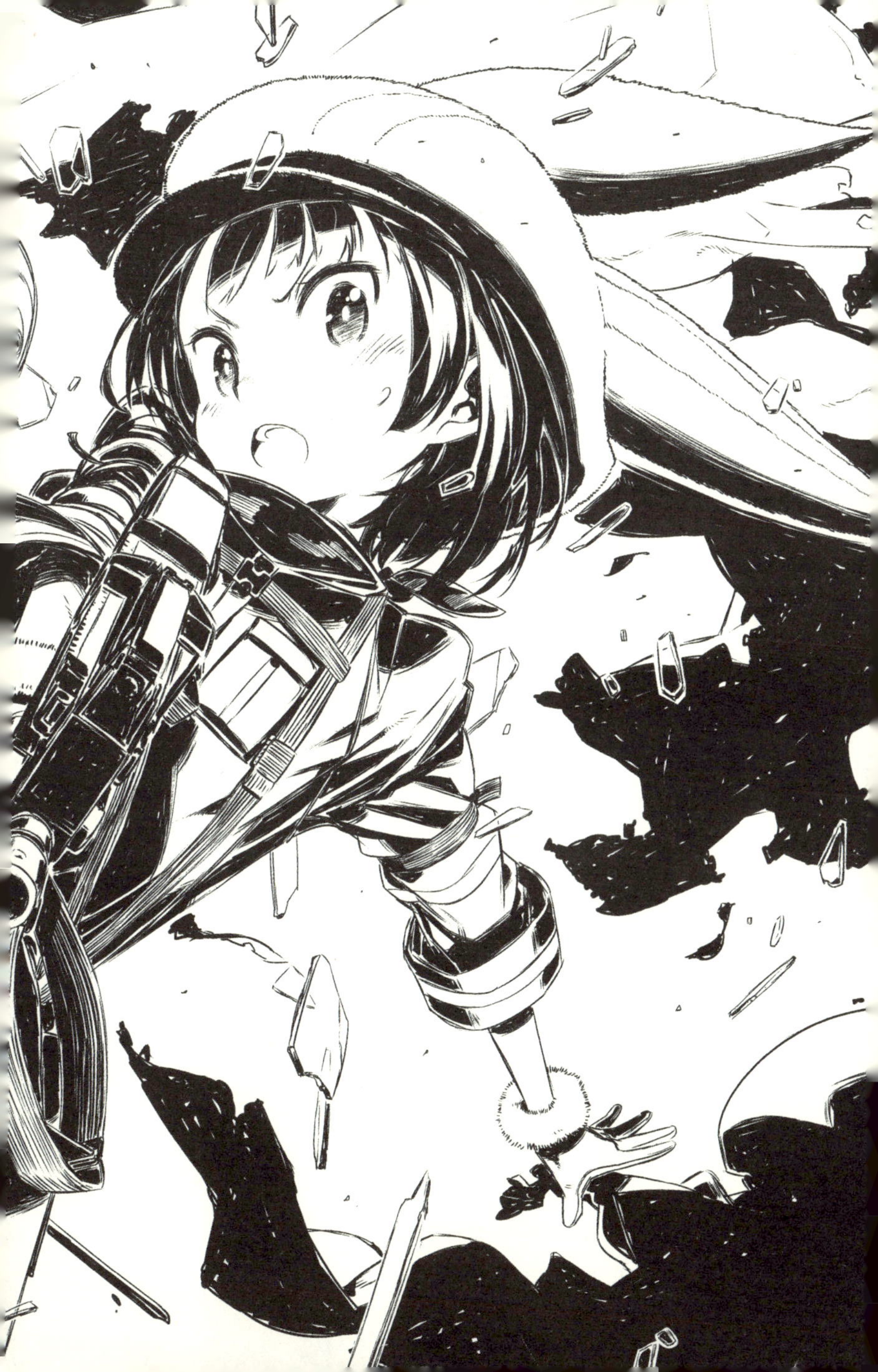

莲猛地伸出握着P90的右手,将P90那冒着热气的枪口压在了还没能转过身的男人的侧脸上。

"第二个!"
酒馆里的观众开始数数。
粉红色的小不点……不,是上届冠军莲,正以人类眼睛只能勉强跟上的速度在赛场上大杀四方。
在用如同刺杀般的射击干掉两个人后,她立刻瞄准对面的男人,并以第二个人的尸身为掩体进行射击。
经过约零点五秒的射击后,那男人的胸口、脸、头都亮起了中弹特效。
"第三个!"

第四个目标就跟在刚才杀的第三个人后方。
那个高个子的男人慌忙想将M16A3的长长枪管指向莲。
这么近,不用枪也可以吧——莲瞬间前移了三米。

酒馆里的玩家们都看到莲没有射击。
"啊?"
"咦?"
"嗯?"
粉红色的小不点用闪电一样的速度缩短了距离后,利用冲刺的惯性滑行,从男人的枪口下——两腿之间滑到了他身后。
为什么不开枪?是接下来才开枪吗?
观众们的疑问立刻得到了解答。
M16A3从它主人的手中掉落了下来。

高个子男人露出了和蒙克的名画《呐喊》里那个人一样的表情，但他双手捂的却不是耳朵，而是两腿之间的某处。

"咦？"

"呜！"

"啊！"

酒馆里的观众们通过拉近的镜头才看清了情况。

男人的大腿间，双手压住的地方，亮起了鲜红的受伤特效。

接着，镜头稍稍下移，就照到了莲，她正用左手撑着P90，右手反握着匕首。

莲在穿过男人双腿间时拔出了匕首，并顺势在他双腿间竖着划出伤口。

在弄明白了她刚才那快得看不清的行动后——

"……"

所有男性观众都惊恐得睁大了双眼，打了个寒颤。甚至还有人捂住了双腿。

GGO毕竟是VR游戏，虽说有感觉，却也是虚拟的。当然，痛觉也和现实中的差别很大。

比如被子弹击中，也就是中弹处出现的麻痹感，时常被玩家们形容和针灸或是用手指按压穴道时产生的疼痛很像。

但不管在哪个世界，都不会有人对着男性的最大要害进行按压或针灸吧。

没人知道画面里那个高个子男人现在是何感受。

AmuSphere里有安全装置，所以应该不是忍受不了的疼痛。但那依然是个未知世界。

从他的表情看来，大概是体验到了至今为止的人生中从未体验过的感觉吧。不，应该说是被迫体验到了才对。

莲从后方扑向用双手捂住胯下的男人，趁他毫无防备时，将匕首刺入他的脖子。

刃长二十厘米的匕首扎进男人的脖子里，对面甚至能看到刺穿过去的匕首尖端。

莲很快又抽出匕首，将它收回腰后，然后将用肩带挂着的P90换回右手中。

就仿佛录像被快进了一样，莲利落地挥下那一刀，又向下一个目标跑去。

等莲跑到画面外消失之后，男人才向前倒下。他像棍子一样前倾，脸重重地摔在地上，但他已经感觉不到疼痛了，因为"Dead"标志已经亮起来了。

"第四……个。"

一片寂静的酒馆里，有人小声地吐出这么一句。

还有两人！

莲顺着房屋的墙壁奔跑，破破烂烂的墙壁在她的视野左侧以惊人的速度向后退。

她的视野里已经没有敌人了，应该还在前方拐角的对面。

就在莲烦恼着该冲出去还是停下的瞬间——

啊，好开心。

敌人自己送上门来了。

莲在左侧房屋的一角看到了M16A3的枪口。

"不管在什么地方，都不能先露出枪口哟，小莲。"

Pitohui的声音在她脑子里响起。

莲迅速停下，并伸出了空闲的左手。

男人特意重新在左肩上架好了枪，但枪口从房屋一角露出却是个致命失误。酒馆里的观众们从空中俯拍的录像中，清楚地看到了这一幕。

男人仿佛被拉进地狱一样，随着枪口被人抓着向前一拉，他也失去了平衡。

"第五个……"

他眼前出现了P90的枪口。

嗒嗒嗒，干涩的枪声响起。从画面中看不清楚，也不知道男人是看到了枪口的火光，还是害怕得闭上了眼。

因为被击中脸部而浮出"Dead"标志的男人被推开，粉红色的杀戮机器冲了出来。

下一秒，沉闷的枪声响起，几发子弹在房屋前方的柏油路面上弹起。

最后一人的武器是M37霰弹枪。

所用的子弹是"00"号猎鹿弹，能一次性发射出9颗口径8毫米左右的铅弹。这种子弹和另一种大口径的单发"独头弹"，是对人战时霰弹枪常用的子弹。

那是霰弹，发射之后会子弹会散开。不过，男人的第一击全打到了莲的身后。

持有M37的男人哐的一声向后拉动前护木，弹出空弹壳，并填装下一颗子弹，然后将枪指向往旁边移动的粉红色小不点进行瞄准。

但当他射击时，目标已经不在原地了。

莲瞬间穿过了大约五米宽的道路，直接躲到了对面房屋背后。她的速度快得甚至让人怀疑那是不是使用了瞬间移动的技能。飞出去的霰弹只在房屋墙壁上打出了几个洞。

哐！

是男人再次拉动前护木的声音。

咔啦咔啦咔啦。

这是空弹壳落地的钝响。

"那个拿霰弹枪的……挺厉害的嘛！"

酒馆里有观众这么说道，周围也有人点头赞同。

不管在现实世界还是在GGO里，霰弹枪在近距离下都不是威力多强的枪。原因都不用多说，正是因为会有数颗子弹分散开飞出去。

霰弹的着弹预测圆就像九宫格一样，是由小圆圈集合在一起并扩散成一个大圆圈。而弹道预测线则是好几条线同时出现。

一颗霰弹能打出的伤害和手枪子弹差不多，威力并不是很大，但，"几乎一起命中"这一特性却很可怕。被击中的人会同时被好几道力量向后推，失去平衡。

若是在向后仰倒时又不断地有霰弹雨击来，就有可能完全无法进行反击，一直承受攻击，直至死亡。

霰弹的有效射程很短，虽说也要看子弹的种类，但大致上都是五十米左右的近距离。但，刚才那男人和莲对峙时，双方的距离要比五十米短得多。

男人的M37是筒式弹仓一直延长到枪口的类型，满弹应该是八发。他刚才还对着房屋射击了一次，现在应该还剩五发。

而且，他那把M37还是通过扣着扳机不动并前后拉动前护木来进行连射的。从能打出毫不留情的子弹雨这一角度上说，并不输给莲的P90。因此，男人还有胜算。

那个男人也明白这一点。所以他没有藏起来，而是继续瞄准莲藏身的地方。

他将M37的枪托贴在脸上举着枪，脸上透露出对比赛的恐惧和紧张，以及愉快和享受。

"这情况……可真有趣。"

"哪边？哪边会赢？"

直到刚才为止的那几秒疯狂，一口气变成了安静的对峙。酒馆里的观众们紧张地关注着。

粉红色的小不点会冲出来杀掉那支小队的最后一人吗？

还是那个用霰弹枪的家伙会报一箭之仇，爆个大冷门？

每一秒的等待时间都仿佛都长了好几倍——

砰。

一个怪声响起的同时，男人突然转动了脖子。随后，他的M37对着天空开了枪，枪支因为后座力脱离了男人的手。

男人的脚步摇摇晃晃，最终一脚踩空，砰的一声倒了下来。

同时，莲从房屋背后现身，小跑着接近男人。

噗。

她蹲下将匕首刺进男人的脖子，动作轻快得像是在儿童套餐上插上旗子一样。随后，那个男人变成了尸体。

莲将匕首收回后腰处，嘴里还说了句什么。摄像头也配合着转向她笑着面对的方向。

那是某栋房屋的墙壁，墙上的窗口微微打开，能从中看到不可次郎的笑容和40毫米的危险枪口。

"嗯……也就是说？"

大概是为了让一头雾水的观众们弄清原委，画面开始重播。

这次播放的是另一个角度的录像，大家这才看明白刚才发生了什么事。

不可次郎爬到窗边，在悄悄打开窗的同时发射了榴弹。

她与目标间的距离仅仅五米左右。

因为距离太近，40毫米榴弹的弹头没有爆炸，但它本身的重量所带来的动能从斜后方砸中了男人的头，然后掉落在男人脚下，不停旋转着。

"真狠毒啊……"

有人说出了所有观众的心声。

用枪射击或用利刃刺杀更显凶恶，但"被重物击中脑袋"看上去似乎要痛得多，真是不可思议。

莲走进房屋当中，转播画面就切到了别处的战斗上。但，酒馆里的观众们依然在为莲她们而激动。

"好厉害！不愧是冠军候补！如果开博彩，我赌她们赢！"

"和她搭档的那个女人……也很棒啊！我都看呆了！"

"莲那个轻轻松松就把刀刺进脖子的动作，好可怕。她外表还是小女孩，看上去就更恐怖了！"

"你们看到了吗？那就是我的小莲和她搭档的能力！"

"嗯，是够厉害的。不过，那两人可都不是你的。"

第七章 战死 SECT.7

第七章 战死

时间稍稍倒退。

回到莲刚发现伏击的时候。

战场各处,在初次扫描中决定好攻击目标的各支小队同时展开了战斗。

这是一场烟花大会的开始。

在地图中央北部的丘陵地带,有两支队伍隔着约四百米的平缓山谷展开了战斗。

不过这场战斗并没有发展为枪战,只是单方面的虐杀罢了。

其中一支队伍穿着全黑的服装,武器都是射程只有两百米左右的冲锋枪。这支小队令人想起初期警察特殊部队SWAT,若是室内战,他们应该会很强。

另一支队伍配有三把有效射程达八百米的7.62毫米口径机关枪。另外,剩下的两人拿着的也是5.56毫米口径的机关枪。

"干掉他们——"

"啊——"

全日本机关枪爱好者——简称为ZEMAL中的三人稳稳地坐在斜坡上,抓住时机不断射击。

他们常用的武器是FN・MAG和M240B——这两种枪几乎相同,后者是以前者为基础的改良版,是姐妹款。还有一把是M60E3。这三把都是7.62毫米口径。

在上一届SJ刚开始不久,这三把枪就向莲发射了无数子弹,一颗都没有打中目标。

"用机关枪!果然很享受啊!"

不断射击的他们露出了爽朗的笑容,和从枪支中弹出的大量空弹壳一样,在阴沉沉的天空下熠熠生辉。

不过,他们并没有做出在上届SJ结束后说过的蠢事——提升力量值以便一手拿一把机关枪。

他们在那些之后也积累了不少经验值,努力锻炼了一把,因此,射击精度也有了提升。

而且,他们还记住了"团队合作"这个新词。

"好,再往右一点!就那附近。"

5.56毫米口径的枪射程较短,那两人就自动担任起观察员的岗位。他们用双筒望远镜观察命中地点和曳光弹的光,给射击的队友做出指示。

"好,交给我吧!"

队友们对指示的地点毫不留情地展开了全自动射击。

老实说,如果是解决毫无抵抗能力的对手,其实用不着这样疯狂射击。只是,他们的脑子还没有节省子弹钱和武士的慈悲这些概念。

黑衣小队还在犹豫要逃向山谷上方还是下方,敌人的子弹就化为了倾注而下的铁雨,不断贯穿他们。

"这怎么能赢,混蛋!"

为了尽快从不利的地形逃出去,他们拼命地寻找最短逃跑路线。可惜,他们白忙一场。

可怜的黑衣小队,在这种状态下根本无计可施。

"可恶!如果在室内,我们绝对不会输的!"

他们的长处一点也没能表现出来,就这样不断地遭受来自敌人的单方面射击。"Dead"标志一个接一个亮起,最终,小队所有人都变成了尸体。

同一时刻。

东北部的雪山上,一支小队也在战斗。

他们的队名是ZAT。这是散发头之友的简称,和某特摄作品的地球组织无关,和明治维新也完全没有关系。

"有敌人!我们在登上斜坡时遭遇了敌人!从扫描的结果来看,对方是MMTM,上一届里排名第三的强队!我们被击中了!是对方单方面发动射击,我们被击中了!"

ZAT中的一人趴在斜坡上,仿佛要将身体埋进雪里似的,自言自语地这样叫着。

穿着棕色迷彩战斗服的他头上戴着头盔,那头盔的前后左右都贴着钮扣电池大小的超小型摄像头。

因为他趴着,他的枪也被埋进了雪里。那是自卫队用的89式5.56毫米口径攻击步枪,而且是配给陆上自卫队的空降部队或坦克兵使用的折叠式枪托版。

GGO里的日本步枪,就只有89式和64式两种。先不提评价不高的64式,89式是评价很高的枪支。

这种枪有个优点,它的后座力非常小,因此方便进行半自动射击,命中精度也很不错。即使价格高,还是有很多人爱用这款枪支。

对于日服玩家来说,喜欢它的原因还有一个——"它是本土的枪"。

"要设法反击啊!看我的!"

男人叫喊着,单手举起89式,用半自动射击向坡上打出三发子弹。堆积在枪口周围的雪被吹飞，子弹呼啸而出。

这把89式枪身的侧边贴着两组小型摄像头。

"打中了吗？完全看不清楚！PVP果然好可怕！我都要吓尿了！"

男人的说话声被他装在咽喉旁的话筒录了进去。

一直在说话的这个男人是一个游戏实况转播玩家。

游戏实况是指玩家在网络上播放自己玩游戏过程的视频。玩家也会将录像剪辑之后再进行上传，那样的录像被称为游戏实况录像。

有的人会直接将录像放出去，不过，也有能说会道的人会在游戏当中或是剪辑时配上观众喜欢的有趣音频或字幕，就像综艺节目那样。

这个男人一直和愿意接受实况转播的ZAT一起在GGO里狩猎怪物。

他负责拍摄、讲解和编辑，将大家齐心合力狩猎GGO超巨型怪物的过程制作成视频，再上传到视频网站。

网络上有许多人都在做着类似的事，但他的视频相当讨喜，给他聚集了一波人气。

迄今为止，他还没有上传过PVP的游戏实况视频。

毕竟，谁也说不准GGO何时会有玩家PK。当然，那些已经约好决斗时间的PK又另当别论。

就算有人PK，私自拍摄其他玩家并上传视频的行为也会侵害虚拟角色隐私权。若是能取得所有被拍摄玩家的同意那就没问题，但那样就太麻烦了。

不过，SJ2又不一样。

因为官方会放出转播的录像，在隐私权方面也不会构成侵权。官方的录像都是由空中摄像头拍摄的，还没有解说。而他拍摄的录像是第一人称视角，还配上了有趣的讲解。

虽然不能直播，但官方并不禁止录像。于是，他就想拍摄一下激动人心的PVP视频，这才和队友们一起报名参加了SJ2。

"让我来试一试……能不能离开这里！"

嗖。

"呀！"

一条红色的弹道预测线在他抬起的脑袋上方划过，随着预测线消失，子弹紧接着就飞了过来。

"不行！"

男人只得一直趴在地上，完全无法动弹。

他侧脸贴着雪地，只能看到天空和雪。幸好这里是在游戏当中，若是在现实世界，他肯定会冻伤。

男人需要讲解实况——当然他并没有这个义务。他为了录视频没有戴通信器。因此，在队友们因为敌人的突袭失散后，他完全没法和他们联系。

嗒嗒嗒嗒嗒。

嗒嗒嗒嗒嗒。

雪山上又传来两三次如同连续敲击小太鼓般的开枪声。因为雪会吸收声音，回声很少，枪声直接消失在灰中带红的空中。

敌人可是绝对不会浪费子弹做无用射击的MMTM。证据就是，男人视野左上角的队友生命值猛地减少了，最终清零。

"啊！刚刚有一个队友死了！是本杰明！他可是个好人！我和他在现实里从高中起就有来往了，一直一起玩游戏！本！"

嗒嗒嗒，嗒嗒嗒嗒。

"啊！卡撒那家伙也……"

嗒，嗒，嗒，嗒。

"哥尼希！可恶！"

嗒嗒嗒嗒。

"连佛罗斯特都……"

嗒。

"山田——"

在他播报队友们的死讯时，小队就只剩下他自己了，队长标志转移了过来。

"不、不设法离开这里的话，我也要跟着变成鬼了啊……"

就在他稍稍抬头的瞬间，一条红线在他头上三厘米处扫过。紧接着，子弹就嗖的一声飞了过来。

"呀！"

男人再次飞快趴下，头都差点埋进雪里。

"啊……"

他已经动弹不得了。他不知道敌人是从哪里瞄准的，连敌人的影子都没有拍到，就一直被压制在这里动弹不得。

男人又开始说道：

"现在……在看这段录像的……所有人……我已经被压制在这里动不了了。队友们全都被杀了。我估计要不行了，应该很快就会中弹死亡，然后在雪中变得冰冷。在这种时候，我回想起的竟然是在小学的放学路上买来吃的冰棒……这可真够讽刺的。那冰棒很美味啊……不过，我一次都没中过奖……"

他平静地说着。

"所以，说不定这次我也不会中弹！"

然后，他大叫着猛地站起身，向旁边跳跃，想用89式来一记豪迈的射击。

嗒——嗖。

他被一颗瞄得很准的子弹命中了额头，倒在原地。

他倒地时几乎没有发出声音。

因为周围都是雪。

"好，收拾掉了，应该是全歼了。拉克斯和波尔德，你们两人去确认一下，其他人负责盯梢。"

在被雪覆盖的粗壮树木后方，MMTM的队长做出指示。

他在迷彩服外又穿了有针叶图形的白色外套，那是收在仓库里的雪中迷彩，正是为了应对有可能出现的这种情况。

他给自己爱用的步枪斯太尔STM-556换了弹匣。

这是欧洲的老牌枪械制造商斯太尔·曼利夏公司（在日本一般称为斯太尔）制造的AR-15步枪的复制版，也就是和AR-15几乎一模一样的枪。

AR-15是M16和M4A1等枪支的原型。这些枪械不管是在军队还是民间都有许多人使用，因此市场很大，各家公司也在出售它们的复制版。

当然，不仅是完全复制过来，各家公司都还对一些地方进行了改良，使之更便于使用，彼此的竞争也很激烈。

STM-556作为AR的复制版之一，有着一个其他版本没有的特征——不需要工具也不需要拆解枪支，只要按一下就能换枪管。

长枪管能提高命中精度，但在狭窄的地方就很难使用。

而短枪管在室内之类的地方使用起来要轻松得多，但并不适合用来狙击，有效射程也会变短。

因此，枪手只能在两者间做出选择，又或是在不影响正常使用的情况下决定枪管长度。但，STM-556没有那种烦恼。可以同时带着长枪管和短枪管，只要把不用的那个收进包里就好。

现在，队长的STM-556上装着适合狙击的长枪管。

再把枪上装的小型瞄准镜的倍率调高，就可以搭配中距离狙击枪来使用。他能从相当远之外精准地击中拍视频玩家的要害，就是多亏了这个东西。

如果碰到室内战斗，他就会从仓库里取出短枪管来换上，再将瞄准镜的倍率调整成同倍数——就是变成一个单纯的筒，用于确保广阔视野。

另外，队长的STM-556在枪身下还装有一个粗大圆筒。那是榴弹发射器，能和步枪一起使用，也就是合体武器。当然，只要扭一扭螺丝就可以取下来。

和不可次郎的MGL-140不同，这种发射器只能打出一个榴弹。尽管如此，却也能大幅提高火力了。

为了这次的SJ2，他大出血买了榴弹发射器。同时也做了大量训练，练习如何在使用步枪射击的同时有效地打出榴弹。

他如此努力的原因只有一个。

就是为了干掉那个四处逃窜的粉红色小不点，和躲在盾后面的高壮男人，毕竟那两人在上一届大赛里让自己的小队吃尽苦头，还吞了一肚子湖水。

他原本梦想着能踏进GGO的顶尖战场"Bullet of Bullets"，一直勤加锻炼。现在，参加BoB的梦想已经实现，他做梦也没想到自己竟然会来参加这种不怎么受瞩目的小型比赛。

而且，心情还会如此激动。

事实上，他会参加上一届SJ也只是想着玩一玩，试试自己的本事，也锻炼一下队友。

结果居然令自己如此热血沸腾，这不得不感谢粉红色的小不点和那个高壮男人。

就靠你了。

队长低头看着枪,无声地动一动嘴。

这时——

"已确认有六具尸体,全灭。"

"周围没有发现敌人。"

队友们的报告声响起。

队长抬起视线。

阴沉沉的天空下,是雪原及其后方的广阔战场。巨蛋,以及巨蛋旁的城镇,还有如同围栏一般的城墙,都隐约可见。

来,战斗吧。

相信队友,相信自己,以及相信自己的枪。

"好。等下一次扫描后,就沿着北边城墙下山。现在原地待命,先把预备弹匣实体化。"

同一时刻——

战场西南部。

"机关枪!继续施压!就像平时训练的那样!"

老大一行人——SHINC正在战斗。

地点是城镇南部。这里离车站很远,房屋变得稀疏,空地和停车场都很显眼。南面和西面不远处耸立着城墙,铁路就以城墙为背景笔直地延伸出去。

黑色的碎石上共有四条粗粗的铁轨,是列车会车的双线区段。在与双线区段相隔了约五十米的平地上,机枪手罗莎嘴里喊着"看招",手中的PKM响起了豪爽的重低音。

咚咚咚咚咚,咚咚咚咚,咚咚咚咚咚。

她趴在翻倒的货车顶上，正在攻击藏身于铁路对面的敌方小队。对于双方来说，这是最初的战斗。

罗莎的身后是女矮人索菲。她拿着预备弹药箱，为补充弹药做准备。

摄像头拍到了她们战斗的情形，转播到酒馆中。

"咦？"

单手拿着啤酒杯的男人不解地歪过头，他身边嚼着牛肉干的同伴问了句"怎么了"。

"那支女战士队伍里的机枪手，就是现在没在开枪的胖墩墩的那个。我记得上一次她拿的也是PKM吧？"

"嗯？嗯。"

"她现在怎么没拿武器？"

画面当中，只有罗莎在用机关枪不停射击。

而在身后支援的索菲赤手空拳，没拿任何武器。

原本还以为她是嫌碍事，将自己的机关枪放在附近，但在画面拍到的范围里并没有PKM出现。

"还没有实体化，大概是收在仓库了。"

除此之外也想不到别的原因，吃着牛肉干的男人就随口这么回答了。

"为什么？为什么要特意做出这种对自己不利的事？"

喝啤酒的男人提出疑问，他对这样的行为感到十分不解。

不过，酒馆里没有人知道答案。

罗莎打出的子弹击穿了房屋的院墙。

"咦？真的假的……"

藏身在院墙后方的角色被击中了身体和头部。

在那之前,其实红色的弹道预测线早已穿过院墙,但粗心大意的他并没有发现。像是薄木板或草丛等以子弹的威力肯定能贯穿的物体,弹道预测线也会一并穿过。

"可恶!"

队友在眼前被杀,另一个男人拿起枪——步枪SSG69,开始逃跑。他原想全力移动,绕到敌人侧面去突袭,但现在位置已经暴露,这里就很危险了。

这男人是狙击手,穿着绿色的迷彩服,头上和肩膀上还挂着由网和布条做的套子用于伪装。这是吉利服。

还有一种臃肿的吉利服能覆盖全身,隐藏效果非常好,但穿上的人行动会受限。

除了缓慢移动的狙击手,其他人都会选用轻便的吉利服,隐蔽效果也不错。更别说这里还是无法选择战场的SJ。

男人连脸上都画了绿色迷彩,担心着不知何时会出现的弹道预测线和紧接着会飞来的机关枪子弹,在院墙后全力奔跑。

从视野左上方的生命值来看,已有三个队友死亡,不过另外两人都没有受伤。男人通过通信器对他们叫喊道:

"有两人被干掉了!这边只剩我一个!已经被敌人发现我们在院墙后!那些家伙能在空中观察,都小心一些!先会合,重整势态!你们在哪里?"

"刚、刚才的卡车旁!"

"好!我马上从西边过去,别开枪!"

"明白!可恶!女战士果然很强!狙击手的预测线太可怕了!我都不能冒头!德拉贡诺夫明明是我非常喜欢的枪,可现在我都有些讨厌它了!"

一个队友这样说道。而应该就在他身边的另一个人则说出了软弱的话：

"快逃吧！只有三个人是不可能赢的！"

"别发牢骚！就是知道她们是强敌，我们才来挑战的吧！这可是大混战，总会有撞到的时候！"

"可是……"

一个人的声音戛然而止。

而另一个人——

"咦？还……"

也是同样的情况。

"……"

男人祈祷着最糟糕的情况千万别成真，低头跑了三秒左右，来到一栋房屋旁边。

还没有被人发现。男人动作迅速地将SSG69斜背到背上，从右腰的枪套里拔出伯莱塔Px4，9毫米口径自动手枪。他用拇指扳下击锤，然后双手握住枪。

"……"

他在房屋背后一点点缓缓前进。

随后，他就看到了倒在侧翻大型卡车后的队友们，他们身上已经亮起了"Dead"标志。其实都不用确认，只要看一眼视野左上角，就能知道现在活着的只有自己了。

明明自己就在附近，却有两个人在没有枪声响起的情况下被杀，其中的原因男人也心知肚明，就是在上一届SJ里大发神威的那把枪干的。

"可恶！那个女猩猩……"

男人小声地咒骂着。

突然——

"嗯，没错。只有你还活着。"

他听见一个女人的声音。

"什……"

男人转过Px4的枪口。先是指向正后方，然后又指向左右。

但他的周围并没有活着的角色。可声音还是传进了他耳里。那就只有一种可能了。

"难道……你用了我们的通信器？"

男人对看不见的敌人问道，然后得到了礼貌的回答。

"对。我就是想试一下，看看从敌人尸体上拿过来的东西能不能直接用。枪和榴弹在大赛结束前都能正常使用，通信器又会如何呢？"

也就是说，那是从最初被杀的某个人身上拿走的，而自己发出的命令和对话也全都被敌人听去了，因此，敌人才能如此轻易地获得信息并杀掉队友们，现在自己也快要……

"这也太阴险了。"男人自嘲地笑起来小声说。

无声的子弹也向他飞了过去。

子弹命中那张笑容上的右眼，又从脑后穿出。

大约五十米外的房屋窗口处，老大用消音狙击枪德拉贡诺夫开完枪，目光离开了瞄准镜。

"我也这么觉得。抱歉。"

她这样回答被杀的男人。

在老大她们大杀四方的同时——

战场东部的巨桥上，两支小队正在展开一场奇妙的战斗。

两边都是使用5.56毫米口径攻击步枪的六人小队，他们正在桥上——也就是高速公路上交战。

桥上这条路是笔直的，长度有两千米。

四车道的路面上没有车，收拾得很干净。距离谷底的高度是一百米。

也就是说，这里没有能够藏身的掩体，他们无法躲避对方的视线和子弹，也无法向左右两边逃走，就是一块宽度为四十米的直线战场。

两支小队分别想从南北两边度过山谷，又通过扫描得知了敌人就在自己前进路线的前方。其实他们可以回头，但他们都为了寻找敌人冲刺，就在桥中央看到了敌人的身影，于是隔着五百米左右的距离展开了枪战。

GGO里有弹道预测线。玩家能知道子弹会从哪里飞来，就可以通过趴下、跳跃、侧身来躲避。现在已经知道敌人就在眼前，还离得有点远，就更方便躲避了。

只是一味躲避的话，也就无法攻击，所以预测线一消失就要立刻举枪射击敌人。可就算开了枪，对方也同样能避开子弹。

如果在桥上调头逃走，那就看不到预测线，会被敌人击中后背。如果倒着后退，敌人又有可能趁着这机会冲上来。

如此一来，就只能一点点前进，同时设法打中敌人。

两支小队僵持不下。其实大可不必如此。

就这样，枪战变成了"不倒翁跌倒了"的游戏，两支小队一会儿前进一会儿停下相互用枪指着对方，不停地重复这个过程。

战况转播至酒馆中的一个屏幕上。

"唉，那些家伙就是想都不想便要过桥，才会那样……"

"连我这种笨蛋都能明白的事，那些家伙可真够蠢的。"

观众的关注度非常低。

收视率当然不可能胜过莲或是老大她们的战斗,没有人愿意驻足在那块屏幕前,包厢里的人们也换了频道。

就在桥上的两支小队一起"玩耍"的时候。

地图南部中央,是一片宽广得看不见杂草的农田,还有光秃秃的树林分布其中。这里有一个快要死亡的角色。

男人知道自己的胸口和脸中了弹,在生命值逐渐减少的过程中,他一直拼命地向队友们传递信息:

"看不到看不到!弹道预测线真的看不……"

只是,他没能把那句话说完,就倒在了贫瘠的土地上,亮起"Dead"标志,一动不动了。

除了他,广阔的农田里还倒着两具尸体。还活着的三个男人现在并排藏身于干涸的水渠中。

他们所有人身上都是很有年代感的军服和武器。

他们用的枪当然也经过了严格考证,除了符合那些时代的,其他的枪支一概不用。他们手上的一些老古董枪支甚至会让人惊叹"GGO里居然还有这把枪"。

他们都是喜欢战争史的玩家,总是尽量使用符合那些时代的装备,是一支在未来世界GGO里战斗的怀旧队伍。

他们给自己的设定是:

几个死在不同战场上的人因为神秘的力量穿越到未来,在此地相遇,盼着总有一日能穿越回去共同战斗。

队名则是充满嘲讽意味的New Soldiers。在SJ2里应该会被缩写为NSS。

他们是第一次参加SJ,起始地点在战场中央南部的森林中。

在13点10分的扫描里，他们得知了周围有许多敌人，尤其是西边，那里有上届亚军SHINC。

他们不想和SHINC对上，就向北前进，选择了KKNC小队作为第一个交战对手。他们完全不清楚那是一支怎样的小队，却还是认为对方比女战士集团好对付。

穿越平坦农田时遭受攻击的风险很大，但他们也没有其他办法，只得小心翼翼地透过双筒望远镜确认前方的情况，踩着干硬的土地前进。

如果有人被狙击，剩下的人就立刻趴下。在不知道第一颗子弹位置的情况下，弹道预测线不会出现，也就无法避开子弹。

他们是这么想的，途中果然遭受了狙击。

拿着G3A3ZF的和拿着里恩菲尔德No.4 MKI（T）的队友被击中胸部和脸两处，几乎同时被系统判定为"立即死亡"。他们两人倒下的声音和干涩的枪声在周围响起。

剩下的四人暂时躲进干涸的水渠里，确认敌人的位置。

他们看到枪口的火光，也就清晰地掌握了敌人的位置。距离测量仪显示对方在四百三十八米外，一块边长二十米左右的四方形狭窄树林中。

那两人——尤其是狙击手的阵亡让他们损失惨重，但GGO里没有复活的魔法，再痛心再惋惜也无可奈何。敌方小队也是知道狙击手的威胁性，才优先击毙他的吧。但相对地，NSS也得知了敌人的位置。

位于林中的敌人应该已经无法离开那里了，因为若是逃出来，身影就会立刻暴露在农田上。

之后只要避开跟着弹道预测线而来的子弹，慢慢接近过去发起攻击就好。

幸运的是，NSS中手拿步枪AKS-74的那人，枪身下装有榴弹发射器。只要能接近到它的最大有效射程四百米处，就能趴在地上隐藏起来，向林中发射榴弹。

因此，需要缩短的距离仅仅是四十米。只要能到达位于前方的另一条水渠，就有获胜的机会。

"我来。不用掩护射击了，用不着浪费子弹。看我的！"

小队队长——戴着绿色贝雷帽，同时也是动作最迅速的男人，单手拿着自己的爱枪XM177E2，英勇地冲了出去。

队友们只将头探出水渠等待着，期待着他那避开弹道预测线的犀利走位。

三秒钟后，他被击毙了。

"看不到看不到！弹道预测线真的看不……"

这就是他留下的临终信息。

剩下的三人开始慌了。

他们像乌龟一样缩着头躲在干涸的水渠中，在通信器里争吵起来。

"为、为……为什么！为什么会看不到？系统出错了吗？"

拿着步枪FAL的男人说。

"不，那应该不可能……我从来没有听说过这种事。而且，我就在附近，却也没有看到。"

队友干脆地否定了他的话。

"可是，队长应该不会漏看的吧！他又没喝醉！"

虽说队长有好几次是喝醉后登录游戏，给队伍添了麻烦，但他今天并没有喝醉。因为此人在现实里也是他朋友，并且从昨晚起就一直盯着他，不准他喝酒。

"那么……能想到的可能性就只有一个。"

拿着百式冲锋枪的男人平静地说道。

"是什么？"

"是玩家在用自己的知识或技术来狙击，也就是无预测线射击。直到射击的前一刻才将手指放到扳机上，就可以做到不让预测线出现，并不是用外挂。"

"话是这么说啦……那你的意思是，对方在这个距离下，不借助辅助系统来瞄准，还第一枪就精准爆头了？"

"说明对方的实力就是那么强。换言之……"

换言之？剩下的两人等着他说下去。

"在如今这个状态下，那不是我们能打得过的敌人。不要再前进了，向东转移吧。"他这么说。

"转移"只是好听的说法，实际上就是撤退。

敌人就近在眼前，队友还倒下了一半，他们却只能逃走。

"也是。"

"我赞成。"

另外两人点点头。之后，他们就留下了其他三具尸体，开始爬着逃走。

"平平安安平平安安。"

摄像头沉默地拍下他们离去的背影。

树林中，刚击毙了三人的小队也在说话。

"成功了！拿下初次战果！"

"嘿！"

"很顺利嘛！"

"总算是没出错！"

男人们欢快的声音不断响起，其中并没有紧张感，就像是在祭典的打靶游戏上击落了牛奶糖一样。

他们紧贴在林中灌木丛旁趴伏着，只露出像是长靴的鞋子前端和架起的步枪前端。

四把枪都伸出细长的枪管，而且能在那个距离下打中目标，必然都是狙击枪吧。

"莎莉，你也可以开枪啊！"

其中一个男人这么说。

"不，不用了。大家尽情开枪吧。"

一名声音十分有辨识度的女性角色回应道。

"我去看一看。那些家伙逃走的可能性很高。"

莎莉说完，紧接着，灌木丛就开始沙沙作响。

"喂喂，会被打中的。"

附近一个没有现身的人慌忙这么说。

"那就到时再说。"

她丝毫不介意，在灌木丛中缓缓行动着，并不是匍匐前进，而是匍匐后退。

莎莉将枪留在了灌木丛里，向后方往外爬。

她和其他男人们一样，穿着长靴和棕色工装裤。腰带右侧挂着一个大大的弹药袋，左侧挂着被称为"剑铊"的短剑式匕首。

而她的上半身穿的外套上画有细致的真实树木和枯叶——是被称为树叶迷彩的图案。头上也戴着同迷彩的棒球帽，为了不撞到瞄准镜，还将帽檐转向了后方。

在这个地方，这种迷彩的效果出奇地好，她的上半身看上去就像是隐形了一样。

虽说上半身会隐藏在丛林中，但她肤色白皙的脸和帽子里露出的头发非常显眼，那头发是像嫩叶一样的鲜亮绿色。

莎莉露出非常不满的表情。

她若是笑起来应该是个美女，现在却板着脸，不管哪个男人看到她这样子都会想逃走。明明队友们都拿到了战果，也都那么高兴。

莎莉站起身后，躲在一棵树旁边，然后将挂在肩膀上的小型双筒望远镜举到眼前，对着耸立的城墙和广阔的农田观察了五秒左右。

"剩下的三人逃走了，只能隐约看到帽子，已经离远了。没有看到其他人。"

她平淡地报告了自己看到的情况。

"什么啊……这也太没劲了！"

"怕得逃跑了吗？初战是我们大获全胜！"

"轻松获胜啊！"

"我还想多开几枪呢！"

小队队员你一言我一嘴地说道。

"唉……"

莎莉叹了口气。

"以我们的本事，应该能拿到靠前的名次吧？"

"你说得对。尽情地来一场血之祭典好了。"

"果然不在现实中开过枪就不行啊！"

听到这里，莎莉伸手关掉了耳朵里的通信器。

接着，她转过身去背对队友，用谁都听不到的音量厌恶地小声说：

"对人开枪就这么有趣吗？大家的脑子都有问题。所有人都赶快被打死吧。这样一来，这种大赛就能结束了。"

＊　＊　＊

没有被拍摄到的小队，即没有战斗过的小队，也有很多。

"好无聊啊！"

PM4就是其中一支。Pitohui大声抱怨道。

她现在待在战场东南部某座满是岩石和树木的山中，朝着一棵倒下的树木一屁股坐下去。她在深蓝色连体衣上随意地披了一件和M及其他四人相同迷彩图案的斗篷。

披着斗篷，右脚还横搭在左脚膝盖上，再加上那旁若无人的表情，就像个不知哪来的战国武将一样。

她手里没拿任何武器，别说步枪，连手枪都没有。

M和四个队员正在警戒待命。微弱的枪声从很远很远的地方传来，混在风吹动树梢的声音中。

这座山里众多陡坡相连，有大片的粗壮的针叶树林和凹凸不平的岩石块，视野非常差。

M将M14・EBR放下，用双筒望远镜从树木的间隙里观察斜坡下方。

他将大背包抱在胸前，里面装有在上届大赛里大展身手的盾，就算突然遭遇狙击应该也没事。

四个不露脸的队员将装备实体化。和M一样，他们上半身都穿着装有防弹板的战术背心。

矮个男人、高个男人和胖男人分散在林间，只能看到身体，看不到他们实体化之后的枪在什么地方。

最后一个瘦男人就站在Pitohui身后。他只在右腰上别着一把格洛克21手枪，双手都空着。

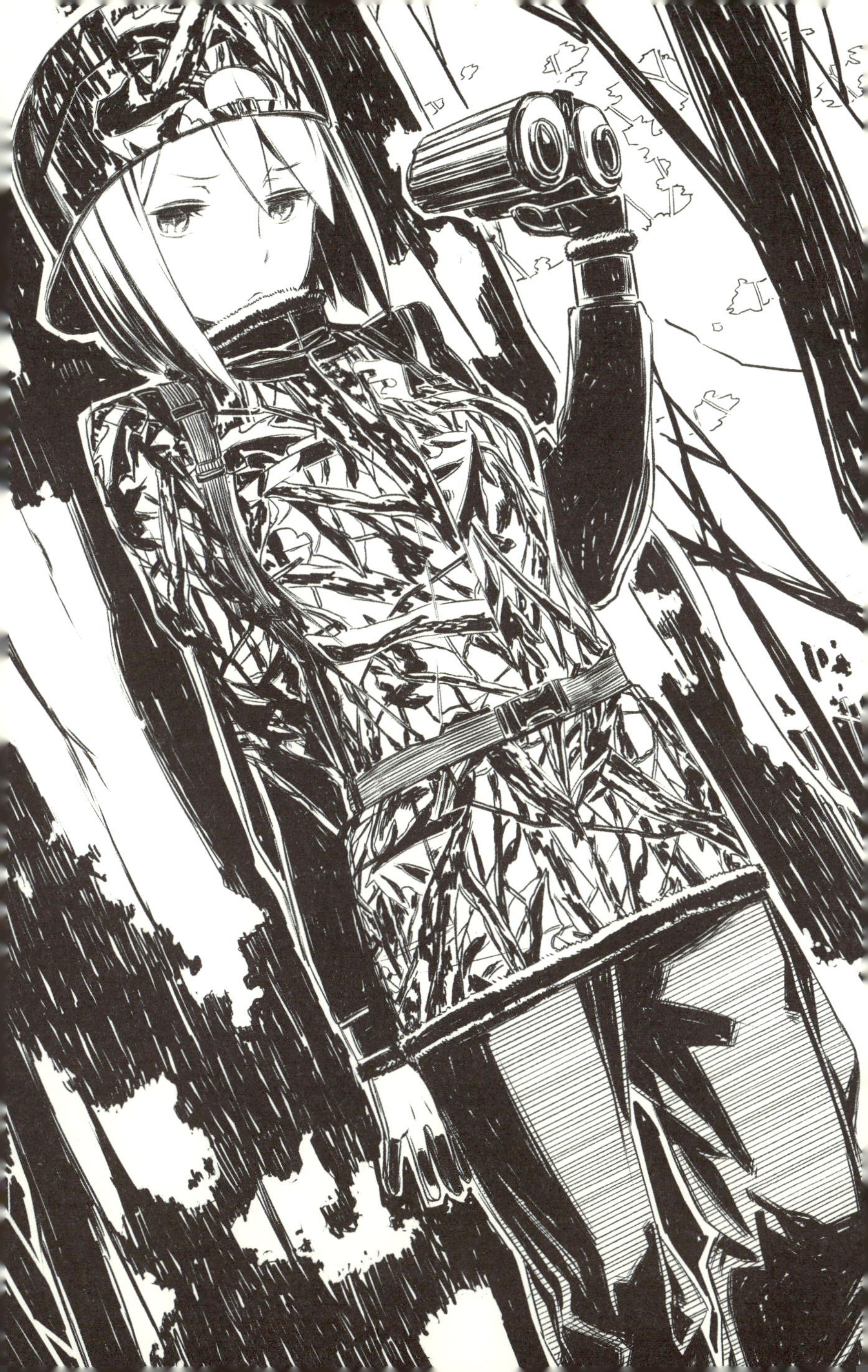

"喂，M，为什么我们要在这种地方浪费时间？大家都在杀敌吧？下面有那么多人，我们赶快杀下去不就好了？"

Pitohui用毫无紧张感的语气对着通信器说道。

M回答：

"不行。"

"为什么？M，难道……你不想战斗？又想像上次那样当个胆小的逃兵？"

即使听到这嘲弄般的声音，M也不为所动。

"这是作战计划。"

"噢，是吗？大家怎么看？"

这些对话应该也传到了另外四个男人的耳朵里，但他们没有马上回答。好一会儿后——

"我们听队长指挥，这是契约上写了的。"

有人用低沉的声音这么回答，其他人则跟着附和。

"哎呀，是这样。"

Pitohui板着脸回了这么一句，也没有表示让人不要用敬语。

M平淡地说：

"没必要一开始就卷入无聊的混战中。你想因为这样而死吗？这就是你的愿望吗？"

"啧！当然不是，但现在很无聊，太无聊了。"

"暂时忍耐一下。刚才我也说了，这是作战计划，Pito。既然你让我担任队长，就听我的。"

"啧！算了，没办法。如果你死了，队长标志就会归我，然后我就能随心所欲地打了。"

Pitohui夸张地向空中伸出双手，耸了耸肩膀。她面对的地方有一个摄像头。

"不用担心,能活下来又杀过来的强敌,我会留给你的。"
"比如说,都有谁?"
"莲。那只粉红色的小兔子,牙齿可相当锋利。"
"哈!"
Pitohui露出了狰狞的笑容,幸好这画面没有被播出去。

第八章 各自的作战计划

第八章 各自的作战计划

从13点10分到13点19分,三十支队伍里有十八支小队展开了战斗。

其中七支小队被全灭,又或是考虑到无法继续作战选择了投降。那座桥上"友好玩闹"的两支小队也一起消失了。能够看到第二次扫描的,只有二十三支小队。

而且,在剩余的队伍当中,还有因为失去队员,战斗力大幅下降的小队,他们必须得认真地思考一下接下来要如何作战。

参赛者中,唯一一支从一开始就只有两个队员的小队——

"太好了,脚长出来了!真是太好了!"

不可次郎恢复了自由行动的能力。

现在她们所在的地方,是距离最初躲藏的房屋稍远的另一栋屋子里。莲费力地将不可次郎拖到了这里后,甚至觉得自己的腰在痛。

肢体缺损后过了一定时间,亮着红光的截断面就开始恢复,仿佛施了魔法般长出脚来。不愧是游戏,就连被炸掉的紧身裤和鞋子也一起恢复了原样。

不可次郎在等待期间打了急救医疗针,生命值慢慢恢复了。

"哈!我的脚!我太高兴了,太高兴了!"

不可次郎在室内蹦蹦跳跳。

"好!"

莲贴在窗框上观察四周,又在昏暗的屋子里看了看手表。

"就在这里看下一次扫描吧。"

自动调整亮度的电子表显示着13点19分20秒,她们已经没时间转移了。

"明白!我不会再犯蠢了!会仔细看清脚下!然后,还要和你说声'大人,让您受累了'!"

"嗯。不过,陷阱钢丝也会拉在腰或是头的位置,同样要小心啊。还有,在跨过脚下钢丝时,也要注意抬脚的那个高度会不会又碰到哪里,以及拆除的时候会不会引爆别的陷阱。"

"呜哇,真狠毒。"

不可次郎露出非常厌恶的表情,莲微微一笑。

"这就是GGO里的战斗,往后你就会习惯了。就连在现实里也会小心入口处有没有挂上钢丝。"

"你变得可靠了……我可真高兴。"

然后,第二次扫描开始了。

这次,人工卫星从正南方开始扫描,以极快的速度飞过。

莲和不可次郎手忙脚乱地确认各小队名字。被全灭或投降的小队共有七支。

"好!"

"还在。"

也知道了Pitohui的小队平安无事。对方就待在起始地点,几乎没有移动过,附近也没有被全灭或投降的小队。也就是说,他们完全没有战斗过。

"虽然我很高兴……但是路还远着呢……"

莲心情复杂地说道。

她要打倒的对手,还在距离她现在所在的城镇很远很远的地方。而在她们之间，还有好几个光点在闪烁。

目前离自己最近的一支小队，位于距此一千多米的车站处。

莲放大地图，敌人位于车站中央的站台上。地图无法继续放大，莲无法获取更详细的信息。

只能知道对方没有移动，但其实大家都会尽量避免在扫描当中进行移动。因为，如果那么做，就会将自己的移动方向清晰地透露给敌人。

当然，若是正被敌人追着跑，那就没办法了。还有一个高级技巧，就是在扫描当中向着真正移动方向的反方向行动。

莲回想着Pitohui和M所教的知识，花了好几秒钟来思考对方为什么要待在车站。

然后，她说出了答案：

"南北方向有笔直延伸的铁路，东西方向是车站前的环形车道，在城镇里，算是视野很好的地方了。如果站台是混凝土建成的，子弹也打不穿那么厚的站台。他们应该是将阵地设在了站台间的铁路上，想在那里打埋伏。"

听到她这话，不可次郎非常恼火地说：

"又是死守不出！那群胆小鬼！干脆开火车去轧死他们！"

可是，她们刚刚才歼灭的那支小队也是这么做的，这是一种很有效的作战计划，不可次郎对此也无可奈何。

尤其是所有人已经通过录像了解了上届冠军莲的实力，她动作迅速，身形娇小，却勇猛又凶狠，这些特点都暴露无遗。面对她，与其粗心大意，陷入混战，不如在视野好的地方等着她送上门更好。

对于不可次郎刚才说的开火车这个作战计划，若是能开动火车，似乎也不错。但她们并不会开火车。

从地图上可以看到，SHINC还活着。

和第一次扫描相比，她们跨过了铁路在向东北方移动，移动路径上有一个灰色的点，肯定是被她们干掉的。

"……"

怎么会这样。

莲露出烦闷的表情。

老大她们若是继续直线前进，就会在地图中央的巨蛋周围或是东南方的山前和自己遇上。莲希望她们往北边走，但这也是没办法的事。

喂！不能胆怯！那样会输的！

莲在心中叫喊着：我已经下定决心要除掉妨碍者了。

扫描不到三十秒就结束了。莲收起终端，对搭档指示道：

"车站里那个小队会碍事，要除掉他们！我们顺着房屋后方移动过去。"

不可次郎微微一笑。

明明应该是少女的真诚微笑，在昏暗的室内看起来，却和她的小恶魔外表很相衬，像是要耍什么阴谋诡计一般。

"莲，就当为我刚才做的蠢事道歉好了，这次就让我多出点力吧。"

"好啊，你有什么提议吗？"

"嗯。你一颗子弹都不用打，我来将他们全部歼灭。"

看完13点20分的扫描后，其他小队也摸清了现状，分别制定了作战计划。

老大率领的SHINC正位于城镇外围，准备到达农田区域。在渐渐变得开阔的视野中，她们保持警惕，步行前进。

狙击手安娜和托玛正擦亮眼睛用双筒望远镜观察四周,但她们并没有找到在扫描上出现的那一队马上就能开战的敌人——也就是有可能在十分钟内接触到的小队。当然,对方有可能只留下队长当诱饵,其他人隐藏了起来。

"逃掉了吗?"

老大低声说。

她们也是一支实力被别人摸清楚了的小队,所以周围的人会纷纷躲避。

就先让冠军候补和其他小队战斗,多少消耗一些战斗力后再说——所有人都是这么想的。

"你们这些家伙!全是软蛋吗?"

老大摇晃着辫子,向看不见的敌人大声叫喊道。

"哎呀,讨厌,你怎么说脏话。"

索菲在后方指责她。老大就转回了头。

"咦?这是在游戏里,有什么关系?不就是角色扮演。"

她突然恢复了原本的女高中生语气。

"是不要紧,但说得太多的话,在现实中你也会一不留神就说出来的。比如说,在大家一起坐地铁的时候!"

"呜!那可就……头疼了。"

"是吧。所以,用文雅的话重复一次。像淑女那样!"

"我知道了。"

老大点点头,再次转身眺望广阔的农田战场,然后对着看不见的敌人温柔地说道:

"各位先生,你们都是些孬种吗?"

MMTM小队在靠近北侧城墙的雪山上看扫描结果。

他们穿着白色外套，下半身则一动不动地藏在雪里，隐藏效果出奇地好。就算卫星把他们在这附近的消息透露出去，别人也看不出他们的具体位置。

队长看着扫描结果思考作战计划。

LF和SHINC都还在。当然，他也不认为她们会简简单单就被干掉。还有，从刚才起就几乎没有动过的PM4也一样。

作为打心底里享受战斗的人，他很想和那些强敌中的任意一支正面决战一分高下，但不行，距离太远了。

虽说这种安排是为了尽量延长大赛的可看性，但主办方的这些操作着实是多此一举。

"真没办法，向西前进吧。"

队长做出了指示。

在各支小队都在制定作战计划的时候，却有一支小队的想法非常与众不同。

他们位于Pitohui一直潜藏的那座山的山脚，正抬头望着上方那气势逼人的岩石和森林。

从这次扫描的结果来看，在农田区域附近，他们能够接触的小队有很多。得知这一点后——

"好，时机成熟了。就照预定计划来进行！"

一个男人对队友们说道，他身上穿着许多乱七八糟的很符合科幻世界风格的护具。

"我再最后确认一次。这个作战计划一旦开始可就无法终止了，大家都没有异议吧？"

队友们表示赞同。

"好！准备好白旗！执行野战排作战计划。"

*　　*　　*

13点25分。

在空城里奔跑的莲和不可次郎来到了车站附近。

当然,她们在移动的同时也考虑到了车站里的小队会向着自己而来,已经做好了双方有可能在途中接触的准备。

"好,没人。"

对方果然像是要打埋伏的队伍,途中并没有发生战斗。

阴沉沉的天空下,车站西北方大约三百米处有一家杂货店,不可次郎就蹲在那家店后方。

杂货店的窗口上挂有一块招牌,上面用英文写着"世界毁灭前的大甩卖!快来本店进行人生最后一次购物"。

"挺好,在这里就行。"

前方有几家小店,还有车站前的环形车道。

若是继续前进,就会进入伏击小队的射程内,他们的子弹就会毫不留情地飞过来。

射程指的是有可能打中目标的区域。根据枪的性能不同,射程也有所不同。但就普通的5.56毫米口径步枪的射程来说,再继续靠近,不可次郎就会有危险。

"莲,告诉我方向。"

"明白。"

莲快速移动至房屋的一角,悄悄探出脑袋,从那里确认了铁路、环形车道和车站的位置,再返回不可次郎身旁。

她伸出左手,对不可次郎说:

"这个方向,大约三百米。"

"OKOK，明白了，没问题。"

不可次郎将其中一把MGL-140放在地上后，双腿前伸地坐在了地上，上半身微微向后倒，利用背后的背包来支撑身体。

"好，莲，拜托你了。"

不可次郎微笑着说。

"行。不可，交给你了啊！"

莲用力拍了下不可次郎的肩膀，就跑了出去。

在过去，这座车站对这座萧条城镇里的居民们来说，曾是重要的公共交通设施。

车站的设定似乎是这样，而到了没有人的现在，它依然悠闲地伫立在那里。

显示车站名字的招牌已经污损得看不清文字，还变得倾斜。铁轨生了锈，枕木从一端开始破裂腐朽。

车站小楼像一栋小房屋一样简朴，只有东侧还保留着楼体，大概是主柱也断了，从中央开始就塌陷了。

混凝土制造的坚固站台顽强地留存了下来，长度约一百米。两处站台间夹着两条铁路。

那个小队就将阵地布置在了两处站台间的铁路上。

站台的高度比日本铁路的要矮，约六十厘米，有六名玩家潜藏其中。

小队队员全是男的，服装也都不一样。有人穿着帅气的迷彩服，也有人穿着符合GGO未来风格的战斗服，还有人穿着牛仔裤和衬衫这种仿佛正在购物的日常服装。

而且，他们有一个其他任何队伍都没有的特征——使用的武器全是光学枪。

那是有着科幻外型，能发射出能量光线的武器。

光学枪的威力会被光弹防护罩削弱，因此并不适用于PVP，他们却选用了这种武器带进SJ2里。

最大的优势是，不怎么需要担心子弹耗尽的情况。

光学枪上装的不是填满子弹的弹匣，而是像电池一样的能量盒，只要替换能量盒就能继续使用。单纯从射击次数上来说，光学枪要远远强过实弹枪。

重量轻也是它的优点，因此他们带了大量光学枪。

枪身大，能量盒容量也大，能够长时间连射的机关枪型光学枪两把；装有瞄准镜的狙击枪型光学枪一把；分类为攻击步枪的光学枪四把；还有在近距离战斗中使用的冲锋枪型光学枪三把；以及手枪型六把。

凭借这多得惊人的枪械数量，他们不管面对什么战况都能够应付。

并且，为了埋伏从扫描上得知的强敌——上届冠军LF，他们还在车站里布置下防御阵地。

13点28分。

噗。

远处突然传来一个微小的声音。

"刚才那是怎么回事？有谁在放屁吗？"

拿着狙击枪型光学枪的运动服男人这样说道，其他五人笑了起来。

随后，一个榴弹落到了那六人藏身的车站附近。

距离六人大约三十米外的位置上，榴弹在环形车道的中央附近爆炸，发出巨大的声响，并喷射出金属碎片。

几片碎片落到了在用双筒望远镜观察的男人头上，他当然没有被打出伤害，但还是慌慌张张地缩起脖子叫道：

"呀！是榴弹！不好了！"

"冷静一点。距离还远得很，她们只是看着扫描结果随便射击一下而已，就像上一届的录像中女战士集团的机枪射击一样，想把我们引诱出去。不要慌张。敌人的突击小组应该正在向我们靠近，没有看到敌人前绝对不要开枪。我们现在已经占据了有压倒性优势的阵地，没必要自己跑出去。"

像是队长的迷彩服男人趴在地上架起机关枪型光学枪，用冷静的语气说道。

"这、这样……"

"放心吧，我们不会在这种地方输掉。拿出自信来，相信队友，相信我们会胜利。我们会在这个腐朽的世界里战斗并生存下来，给自己刻上荣光……"

多亏了他这一番令人感动的演讲，同时也因为所有人都在警戒四周，因此他们谁都没有注意到——

一条呈抛物线的弹道预测线落在了六个人中间。

砰。

干涩的枪声响起。

随着预测线消失而飞来的榴弹在其中一人身后爆炸了。

"命中。"

莲通过单筒望远镜看到了下半身被炸飞的男人。

"北方，往前五米有两个人。"

她又通过通信器给出指示。

现在，莲所在之处是距离车站两百米左右的地方。

她趴在一栋房屋的屋顶上，将单筒望远镜架在白铁皮屋顶上固定住，正盯着车站看。

莲利用倾斜的屋顶和烟囱做遮挡，只有单筒望远镜的镜片露在外面。她将望远镜的倍率调到最大，观察着站台的情况，圆形的视野当中还会用电子数字显示出自己和目标之间的距离。

"明白。"不可次郎的声音传来。

几秒钟后，就有榴弹在莲刚才指示的地方炸开。

惊慌的两人中，有一人的身体被众多碎片切开，亮起了中弹特效。

莲看到那情形后，爆炸声慢了一拍才钻进耳朵里，就像是远处在放烟花一样。

不可次郎提出的作战计划非常简单。

就是自己待在这个地方不动，以抛物线轨迹打出榴弹攻击车站里的敌人。

因为她所在的地方和车站之间还隔着许多房屋，因此两边都看不到对方。

相对地，莲则在安全的地方观察车站，给她的"炮击"做出指示。

只要在第一击时告诉她落点和目标之间的偏差就可以了。

"这样……就能命中？"

莲有些诧异。

"哈哈，你知道我加了多少班做了多少练习吗？"

"非常多……"

"并不是盯着敌人的眼睛交战才叫战斗。拿着这把武器，我就知道这种战法才有利。所以我做了大量练习，在测量距离后能凭感觉打中目标。到了现在，只要知道距离，我就算闭着眼睛也把榴弹打对地方。只不过，要在有正确引导的前提下。"

"好……就这么干。不过，在那期间，你可是毫无防备的，也无法动弹吧？"

"我刚才和死了没两样，你就别在意我这个'僵尸'了。"

"刚才那里往前十八米，有两个趴着的男人。"

"好，那就打两个。"

几秒钟后，榴弹依次落下，在举着光学枪想要逃跑的男人们左右三米处爆炸，让他们当场退出SJ2。

"沿铁路往回走五十米，有一个人在逃跑。"

"就他了，两个。"

榴弹在拼命逃跑的男人眼前爆炸，虽然被少量碎片伤到，但男人并没有受到重伤，只是趴在了原地。

第二个榴弹落下，击中他背的部，将他的身体炸成十多块碎片，中弹特效就像一片红雾般闪闪发亮。

"命中。还剩一个。他横穿过站台，向正东边逃走。放他逃走也无所谓，但我还是想尽量把他干掉。"

"好嘞，把剩下的榴弹全打出去！"

砰砰砰砰砰砰。

干涩的榴弹发射声接连响起，说明不可次郎换上了第二把MGL-140。

最后一个活着的男人拼命地奔跑着。

车站东侧的环形车道上，他就像特摄英雄片的主角一样，在左右两边的连续爆炸中不断奔跑。

跑着跑着，他忽然冲进一辆停在那里的废弃车辆下，消失在莲单筒望远镜的视野里。

下一秒，第六个榴弹就在那辆车前面爆炸了。

男人被炸碎，莲看到他的手飞到空中，那只手直到最后都紧紧握着光学枪。

在车辆的遮挡下，"Dead"标志也只能看到上半部分。

"好……不可，敌人被全灭了！干得漂亮！你好厉害呀！太棒了！我很感动！"

莲献上一连串发自内心的称赞。

"还行吧，小意思！"

"我去和你会合！"

莲将单筒望远镜收回腰间的包里，从屋顶的斜面上往下滑，到达边缘后又直接跳下去。

她先落在下方的卡车顶上，向前翻滚卸力，然后再次往下跳，轻松地落在地面上。这做法跟攀爬时完全相反。

毫发无损地拿下SJ2的第二战后，莲看了看手表，这场战斗耗时甚至没到一分钟。

莲一阵猛冲——若是测一下时间，她大概会刷新短跑世界纪录，回到正在重新填装榴弹的不可次郎身边。

"去车站吧！在那里看扫描，之后就向巨蛋前进！"

继续向Pitohui靠近。

* * *

13点30分。

第三次扫描是从西北开始的。

莲和不可次郎待在刚才还是敌方小队据点的站台之间，在说不了话的敌人——即四具尸体的包围下，看着终端画面。

SHINC钻进了广阔农田区域里的树林中，并处于仔细观察四周的防御状态。只有老大在看终端画面。

树林对面神秘的巨蛋建筑，正散发出一股压迫感。

M在岩石与森林当中被队友们包围着，正在看终端画面。

Pitohui在他身后找了一块土质柔软的地面躺了下来，完全进入休息模式。

"有什么异常再告诉我。"

她只扔出了这么一句话。

第三次扫描是从西北方开始的。

卫星将信息平等地传送给还活着的所有角色。

关于新增死亡队伍的位置，有一个当然在车站上，就是被不可次郎炸飞的那支小队。

地图北部的丘陵地带还有两支小队，他们附近的存活小队名字是MMTM。这一队人的实力是货真价实的，所以只要想一想就能知道，应该是他们在十分钟内打垮了另外两支小队。

城镇东部，在众多零碎房屋并排着的街道当中，有三支被全灭的小队。

从老大他们手下逃出的小队，和从城镇中央开始SJ2的小队，都不幸地聚集在了这里。

城镇里小道纵横，他们必定在那里进行了短距离的激烈交战。附近没看到存活下来的小队，因此他们最后同归于尽的可能性很高。

接着，扫描来到了东南部，就是M他们藏身的山附近。

看着画面的莲、老大、MMTM的队长和M同时发出了声音。

"嗯？"

"噢！"

"竟然会这样。"

"嗯……"

那是位于地图东南部的两千米见方的险峻山峰。

现在在那里的只有从大赛开始就一直以此为阵地的PM4，也就是Pitohui他们。其他小队全都逃走了。

不过，在西侧山脚的某块农田上，竟然聚集了七个光点。

而且他们之间的距离几乎为零。

需要将地图扩大到最大，才能看清他们并没有重叠在一起。

"这是怎么回事，莲？怎么七个点都在同一个地方？有这可能吗？"

不可次郎问道。

"可恶……"

莲马上就理解了情况，露出比之前要严肃得多的表情。

"哎呀，这可有趣了。"

拿野牛冲锋枪的银发塔妮亚对SHINC的队友们说出感想。其他人只是通过通信器听到声音，看不见她的表情，但听声音就能知道她在笑。

她又接着说：

"如果是我，就绝对不会参加这种作战计划。"

MMTM的队长只说了一句：

"哈！"

是带着轻蔑意味的笑声。

M用和平时一样沉稳的语气对Pitohui说：

"Pito，躺着也能看终端吧。你看一下，非常有趣。"

扫描结束了。

在前面的十分钟里，因为被消灭或投降而退场的队伍有六支，现在存活的队伍是十七支。

"那是怎么回事？莲，你要是知道就解释一下。"

不可次郎将终端收进怀里，举起MGL-140，同时还这么问。

"边跑边说！跟我来！"

莲话音刚落，就拿着P90冲了出去。她的表情依然很可怕。

"明白。"

不可次郎追在她身后，轻巧地跳过站台。

在莲她们从车站前往巨蛋的移动路线上并没有敌人挡路。

巨蛋里有两支小队，但莲暂时无视了他们，一直向前奔跑。

和之前一样，先是莲全力奔跑到掩体后，再警戒周围等待不可次郎追上来，然后莲再次跑出去。

在此期间，她解释了一下从刚才扫描当中得知的紧急事态。

"那七支小队联合在一起了！"

"啊？什么意思？"

"就是暂时休战！那情况多半是队长聚集在一起商量！我想应该是某个口才特别好的人在交涉，说服了周围的小队！然后像

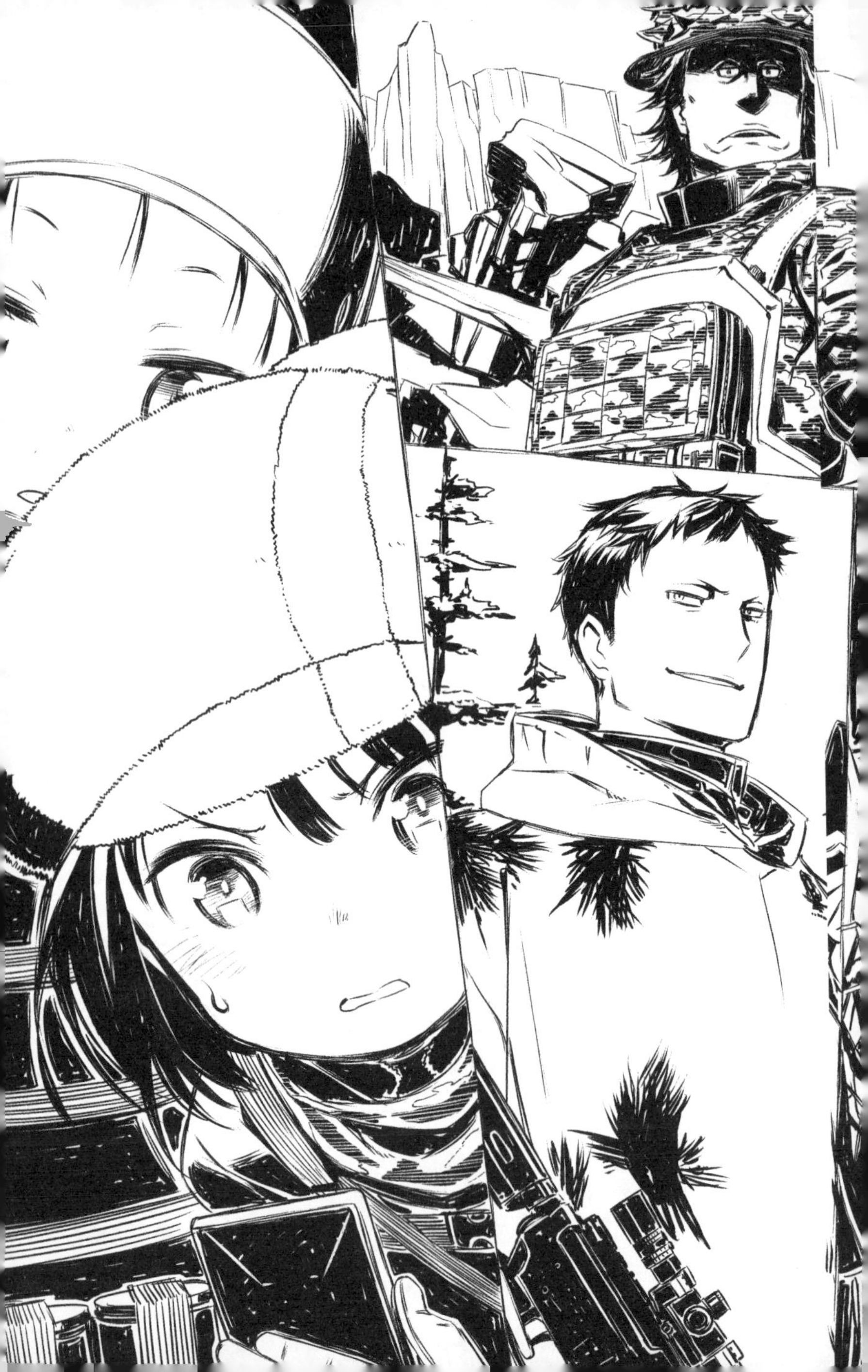

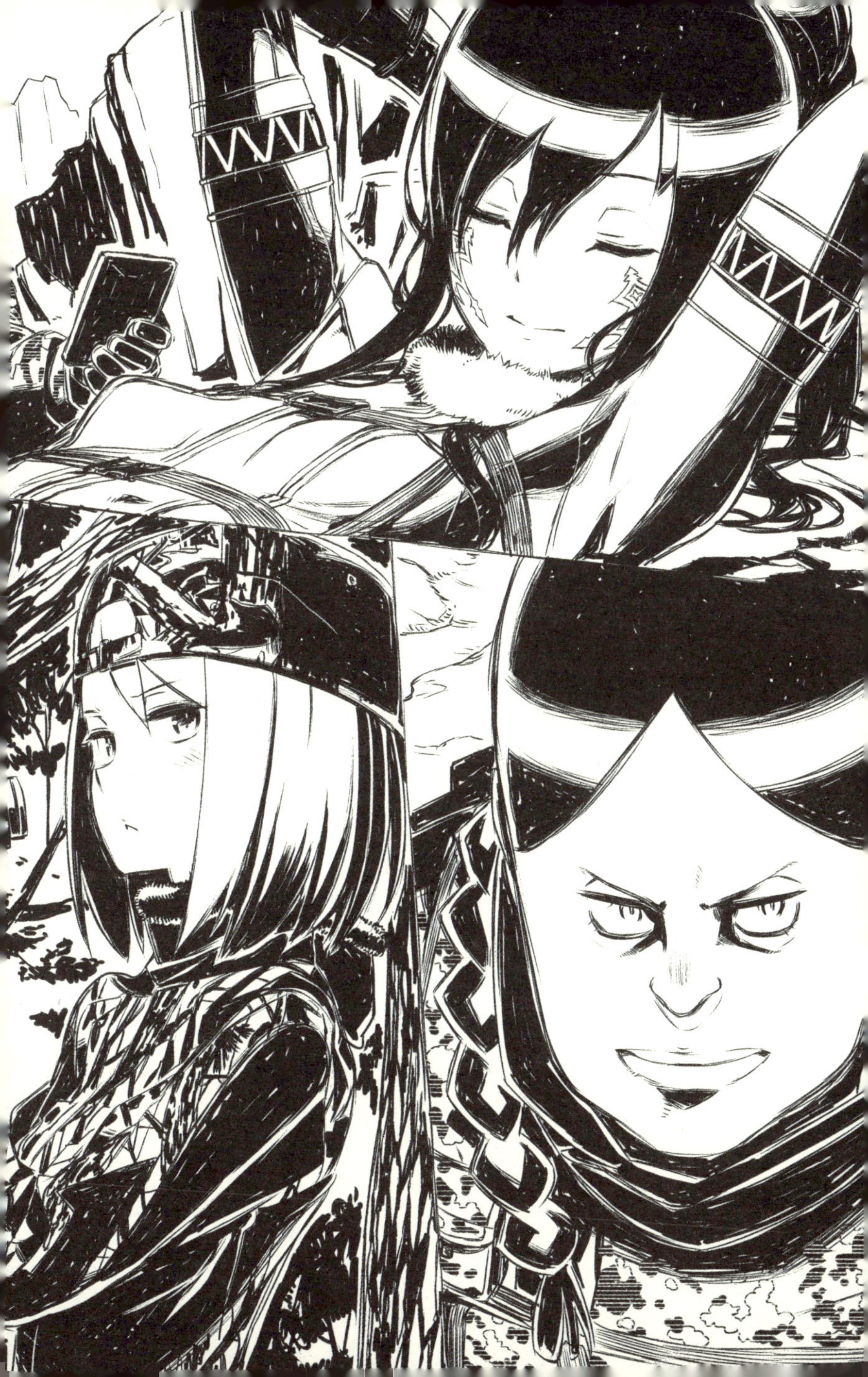

聚集起来，想通过几十人联手，把待在山里的M他们赶走！"

"噢！谜题都解开了！"

"这可真够难看的。"

金发狙击手安娜这么说。

"一群没出息的家伙……"

老大也不屑地小声说道。

即使声音很小，这话也通过通信器传到了所有人耳朵里，拿着PKM机关枪待机中的罗莎回应道：

"他们应该是以为聚在一起就能打得赢M吧。"

"谁知道呢。也的确是有好汉架不住人多的说法。就算M再厉害，就算他有那面盾，但若是被人从上方或是背后袭击，就防不住了。"

老大只觉得无趣，这样回答后，又耸了下强壮的肩膀。

"不管怎么说，我们也只能等着看结果了。"

"好吧，这说起来也算是一种作战计划……就是想不到竟然能骗来这么多人。"

MMTM的队长表示出某种程度的理解，又继续说道：

"怎么不干脆来邀我们一起呢？"

闻言，使用HK21机关枪的杰克非常吃惊地反问：

"咦？他们来邀请的话，我们要参加吗？队长。"

"怎么可能。"

队长立刻回答。

"就是假装听一下他们的提案，顺便寻找机会把人全杀了。这可是大混战，哪里会有什么友军。"

第八章 各自的作战计划

绿头发的莎莉所在的KKHC小队里，四个男人看到扫描结果后做出了相同的预测，变得非常兴奋。

他们将身体贴在草木上，隐蔽身形，并通过通信器来对话。

"那不就是'围猎'……怎么不叫我们参加啊！"

"已经晚了。从时间上来说，我们现在不可能赶得过去和那些人会合。"

"的确……那要怎么办？队长，你的作战计划呢？"

"算不上什么作战计划……我想先看看那边的结果。在那之前，要不先躲起来，要不就到处逃。"

队里唯一的女队员莎莉听着他们说话，用双筒望远镜观察着树木间的情况。

"……"

她没有参与对话，而是哼了一声。

莲在平坦的地面上向着巨蛋猛冲。

"哇！"

她摔倒了，被铁管绊了一下。

她并不是没有看见铁管。

虽然那根铁管处在碍事的地方，但她认为那只是一根掉在地面的水管而已，踢开就好了。却完全没料到，那根铁管居然被牢牢地固定在了地面上。这里以前估计建有房屋，所以才残留了水管之类的管道。

这单纯是一个因为不留神而犯的错误。莲娇小的身体在地面骨碌碌地滚动着。

"喂喂，冷静一点，用不着那么着急啊！"

看着眼前这一幕，不可次郎边说边跑了出去。

"呜哇……"

莲滚得晕头转向，粉红色战斗服上沾满了灰尘。不可次郎追上了她，先是转了三百六十度观察一番，才伸出手将她拉起来。

"谢谢……"

"着急也没用。"

"可是，就算Pito和M再怎么厉害，被那么多人围攻……"

"那么，我们现在跑过去来得及吗？"

"……"

即使是莲独自全力奔跑，也不可能赶得上。

看着沉默下来的莲，不可次郎一边警戒四周一边温柔地说：

"如果他们小队很厉害，在没有胜算的时候肯定会逃走的吧。你就别担心了。"

"真、真是那样就好……"

莲祈祷着Pitohui和M平安无事，看向他们所在的东南方向。

但巨大的蛋形建筑挡住了她的视线，她看不到那座山。

* * *

时间稍稍倒退。

13点20分到30分，事情正如莲她们推测的那样。

身穿护具的队长率领着全体小队成员举起从仓库里拿出来的巨大白旗，站在农田上的显眼之处。

那是一面远远看去就很醒目的旗子，长宽都有好几米。

旗子上还写有文字，内容是：别开枪，我们有个提议！我们也不会开枪，派个人来谈吧！

周围的小队都大吃一惊。因为敌人就在近处，他们正准备攻击，就看到了敌人给出的消息。

最初他们都难以理解究竟是什么事，但知道PM4就在背后那座山里时，他们立刻就有了猜测。

于是，各个小队都派出了一两个联络员。随后，他们就得知了自己的猜测是对的。

那个提议就是"团结一致打倒强敌"。首先，要把傲慢地待在山里的那支包含有上届冠军的PM4赶出SJ2。

接下来是MMTM或女战士队。当然，收拾完那两支小队后，就轮到莲和不可次郎的LF了。

解决完所有的强敌后，合作的小队再散开，重新开始混战。

这样一来，弱小的队伍就也能在SJ里坚持更长时间，还有可能拿到冠军或是好名次。

提议的男人还准备了对付强敌的作战计划。

就是上届冠军队伍曾经成功过的"队长诱饵计划"。即所有小队队长全都集中在安全的地方，由剩余的人员来进行攻击。

扫描只会给出队长的位置，那就反过来利用这一点，将队长们聚集在一起。

就算敌人能通过扫描知道队长们的位置，也无法得知分开行动的其他成员在哪里。那样一来，敌人只能靠眼睛寻找敌人。

相反，合作小队却能够通过几乎所有小队都有的通信器来给队友们发出移动指示。

队长们能看着地图制定战术，下达诸如"我的队友从这边发起攻击，你的队友在另一边发起攻击"的命令。

如此，就得到了人数众多同时又行动自由的有利条件。

听完这一提议和作战计划后，有的队伍马上说着"太棒了"

表示赞同，也有的队伍在犹豫。

在这期间，又有别的小队来到了这个人群聚集的地方，于是提议者又开始和新的小队交涉，加入进来的队伍数量就增加了。

看到人数慢慢增加后，犹豫的小队也带着大树底下好乘凉的想法决定加入。

就这样，到13点30分为止，聚集过来的小队，包括提议者本身的队伍在内，共有了七支。

其中也有只剩下三人的战史爱好者小队，以及其他在战斗中出现减员的队伍，最终人数合计有三十六个男人。

聚集了这么多的人，就已经不再是小队，可以称为分队了。

因此才命名为"野战排作战计划"。

以这样的战力，即使面对强敌，也能凭数量的优势获胜！

决定参加的角色们都暗自窃笑起来。

之后，就如作战计划那样，只有队长们留下，其余二十九人开始向山里挺进。

为了歼灭M和他的小队。

第九章 十分钟内的歼灭战 其一

第九章 十分钟内的歼灭战 其一

13点30分。

"Pito，躺着也能看终端吧。你看一下，非常有趣。"

听到M的这句话后，Pitohui爬起了身，抖落斗篷上的枯叶拿出终端。

"哈哈哈。挺有想法的嘛！哈哈哈哈！"

她纹有砖红色几何图案刺青的脸上满是笑意。

"伙同七支小队一起对付我们啊！这可真够棒的！"

Pitohui将双手伸向天空，看上去非常开心。但从气氛中可以感觉到，站在她身后的蒙面男人们脸色应该不太好。

所有人都听到小个子男人对M说：

"M，你打算怎么办？那么多人一起攻过来，而且队长都不在其中，不管怎么说，这情况都太棘手了。要不要暂时撤退？"

这应该是他们四人的共同想法，因此他们都沉默地等待着M的回答。

不过，回答的是Pitohui。

"这还用问，当然是迎击了，把所有人都干掉！"

怎么杀？

男人们通过沉默表达出自己的疑问。

"接下来M会说的。"

Pitohui爽快地回答道。

在播放转播录像的酒馆里，大家也都在讨论这些联合起来的小队。

有人说他们窝囊，有人说他们虽然没有违反规则却违反了游戏礼仪，也有人为这个出色的作战计划喝彩。意见各不相同。

其中，有人说了一句：

"但，这个打法很有趣啊……二十九对六……"

大家都不得不对此表示同意。

PM4是有上届冠军在队内的强大小队。他们在SJ2里还一枪都没开，面对蜂拥而至的对手，又将会展开怎样的战斗，这让人十分期待。

大家都知道那个叫M的男人很强，也能看得出那四个蒙面男人都散发出不同寻常的气息。

"希望那位公主殿下不会碍事……"

"的确，最大的悬念就在她身上……"

"那种对男人们的激烈战斗说什么'讨厌，真可怕'，又碍手碍脚的女人，可够惹人厌的。"

从13点30分起，转播摄像头就一直在拍摄那二十九名玩家登山的情况。

因为没有其他的战斗场面能拍，就选择了最有看点的一幕。

因此，酒馆里的观众们对山里的情况也非常清楚。

虽然山坡很陡，但还说不上是悬崖，脚下是湿度适宜的土壤，应该不难攀爬。那二十九人都在快速登山。

只是，山上到处都有比人还高的岩石，他们不得不一一避开，众多高大粗壮的树木同样在遮挡视线和阻碍行动。放眼望去，视野里没有遮挡的最远距离也就不到五十米。

山中河流很多，有潺潺的小溪，也有湍急的大河。

这支二十九人的服装和装备都各不相同。

七支小队聚在一起行动，每支队伍各拉开了十米左右的距离。由其中敏捷度最高的角色担任的侦察兵，仔细观察前方有没有敌人，并将前进的距离报告给队长。

摄像头同时也在拍摄待在山脚的队长们。

他们用棍子在干燥的土地上画出山里的地图，接到队友的报告后，就会缓缓移动一个记号，实时更新队友们所在的位置。

因为没有准备专用的记号，就用预备弹匣、手榴弹之类的代替。此处看起来就像是发出战斗指令的司令部或是大本营。

他们在13点30分的扫描中知道了PM4的位置，是在距离山脚约一千五百米的地方。

二十九人都先朝着那个地点前进。虽然不知道敌人还会不会留在原地，就算已经不在了，应该也能在那里找到可以继续追踪的痕迹。

转播录像里没有放出M的小队，因此观众们也不清楚他们现在在哪里。

"不管怎么说，他们应该察觉到有人联手了。在这种情况下，夹起尾巴逃跑才是上策吧？"

不知喝了多少啤酒的男人说道。

"但要逃去哪里？从山的北边下到山谷里？总会被追上的吧？不管他们怎么挣扎奔逃，也会在四十分的扫描中被敌人掌握具体位置。"

一直在嚼牛肉干的男人回答道。

"这么说来……迎击更好吗？"

"如果人数相同，在山坡上迎击是有利的，但……现在双方的战力差别太大了。"

画面中播放着正在稳稳登山的男人们。

他们拿着各自拥有的最强武器,看得出来火力会很强,其中有机关枪,也有狙击枪。

"果然不行啊……"

男人摇了摇头,然后把杯里的啤酒一饮而尽。

山里的男人们都很意气风发。

虽说登山会觉得累,但只要知道那单纯是模拟出来的感觉,也就不会在意了。

比起登山产生的疲惫,"我们说不定马上就能干掉强敌"带来的兴奋要更胜一筹,他们不由自主地加快登山的速度。

在男人们的视野里,近处是小队的队友,稍远处是直到刚才为止还在敌对的其他小队的队员。

在打倒冠军候补之后,自己必定还会与他们交火,但那是之后的事了,现在他们还是"队友"。

山中有些昏暗,又因为岩石和树木的遮挡导致视野欠佳,不知道什么时候就会有人朝他们开枪。

不过,只要对方打出一发子弹,他们立刻就能得知对方的位置。那样一来,对方就得尝尝被二十多个人一起射击的滋味。

他们反而期待敌人开枪!快开枪吧!

男人们带着这种挑衅的心情爬上山坡。

在他们有利的状况下登了一会儿山后,男人们也放松不少。

时间过了13点37分,队伍里有人开始窃窃私语了——

"我都开始同情对手了。"

"的确。"

或是——

"打倒M的家伙，不知道会不会有什么奖品拿？"

"那我们来打个赌吧？手榴弹或是弹匣，如何？"

对于那些时刻保持警惕以防错过敌人下一步行动的角色来说，这时候的闲谈只会碍事。

"安静点！除了报告不要说话，按作战计划行事！"

一个穿红褐色外套的男人对着旁边队伍中身穿淡棕色沙漠迷彩，正嘻嘻哈哈的男人斥责道。

正和被斥责的男人说话的小队成员闭上了嘴巴，但穿沙漠迷彩的男人却不快地咂了下舌。

"你干什么……想当这支部队的领导吗？"很明显，他是想吵架。

红褐色外套男也恼火了。

"才不是，蠢货。我只是温柔地教育一下松懈大意的家伙而已。感谢我吧。"

他漂亮地进行了回击。

随后两人就停下了脚步，在山里隔着十米左右的距离相互瞪视，气氛变得紧张起来。

不过他们毕竟还残留着一点理智，没有将枪口指向对方。

"等把敌人全收拾完后……我绝对要杀了你。"

"真巧，我也是这么想的。你的那张脸和那身迷彩服，我绝对不会忘记。"

两人做下了这样的约定。

不久之后——

"所有人停止前进，准备接收扫描信息。"

几个队长从大本营发出的指令传进了所有人的耳朵里。

男人们缓缓蹲下。

"一半人警戒四周，一半人看终端。"

他们都听从了指示。

13点39分40秒，50秒……

"扫描开始。"

SJ2的第四次扫描开始了。

"都来看看，会怎么样呢……"

酒馆的屏幕上也会放出扫描结果，观众们都紧张地等待着。

扫描是从北边开始的，结果显示MMTM还存活着，并没有人对此感到吃惊。

接着是抵达巨蛋西侧的LF，和抵达了南侧的SHINC，以及位于巨蛋当中的队伍，共三支小队。

由此可以预测，巨蛋那一处必定会发生一场激战，观众们对此也非常有兴趣，但现在还是东南部的山岳地带更引人注目。

PM4在哪里？

是察觉到敌方的动向，从北边下山了？还是移动到东边了？

扫描显示出来的结果是——

"好近！在联合分队的东北方，距离一百五十到两百米！"

七个队长惊讶地发出指示。因为，PM4就在队友们分散的山坡旁不远处。

当然，在那里看着终端画面的队员们也发现了，所有人都非常吃惊。

那个位置，不就是往北移了一点点而已吗？PM4似乎坚持要在这座山里战斗。

虽说视野不好难以看清敌人，但两百米已经是交战距离了，子弹随时有可能从树木间飞来。一些人慌忙将枪口指向东北方。

不过，敌人并没有开枪。这就意味着——

"他们还没有发现我们……"

联合小队这么多人在移动，PM4却没有开枪，除了这个原因，就没有其他的可能了。因此，他们纷纷向各自的队长报告了这一情况。

七个队长马上做出决定。他们不需要再烦恼了。

"所有人冲向扫描显示的地方！一口气消灭他们！"

队长们低头看着地面上的地图，将之后十分钟里没了用处的卫星扫描终端作为表示敌人位置的记号放了上去。

"所有人冲向扫描显示的地方！一口气消灭他们！"

听到指示的二十九个男人都露出了狰狞的笑容。

既然知道了对手在哪里，那该做的事就只有一件。所有人都一口气加快了速度，想要最先冲入敌阵立功。

队长们逐一指示自己的小队前往哪个方向，指挥他们呈扇形包围目标地点。男人们保持阵型前进了一百米左右，然后——

"咦？可恶……"

领头的男人发出不快的声音，将眼前看到的汇报给队长。

"队长，前面有一条河，是至今为止遇到的最大的河，宽度有……三十米左右吧，东西流向。"

随后跟来的男人们也在原地停下了脚步。那条大河在山体表面冲刷出一个宽三十米、深十米左右的河谷。

河水奔流而过，河谷中到处是和人一样高的大石头。

"请指示。目标在上游吗？"

队长的指示立刻传了过来："对。"

"要下到山谷里才能继续接近目标。怎么办？"

这一次，队长的回答慢了一些。

七个队长们需要立即做出决定。

好不容易才掌握了PM4的位置，如果犹犹豫豫下不了决定，敌人说不定就会逃跑。

他们知道这一点，简短地商量过后发出指示。

"在山谷两边各留下一支小队，警戒来自上方的攻击。剩下的人下到山谷里继续前进。"

一支四人小队和一支五人小队在山谷左右两边散开，剩下的二十人开始在山谷里前进。

山谷里到处都有和人一样高的岩石，还有许多被水浸湿的地方，非常难走。

尽管如此，知道敌人就在前方，男人们依然很兴奋。而且换个思路来想，这些岩石也能当成躲避子弹的掩体。

男人们一直保持着随时有可能中枪的紧张感，缓缓地从一块岩石走到另一块岩石，一点点前进着。

距离预测地点只剩五十到一百米处时——

"那是什么？"

他们看到了那副光景。

山谷上空的摄像头拍下了这一幕，酒馆里的观众们正津津有味地看着。

"瀑布……"

山谷前方的坡面上挂着一条落差达十五米的大瀑布。

瀑布的宽度约五米，大量水流奔涌而下，打在大地上，发出重低音式的轰鸣。

山谷也终结于此。宽约二十米的狭窄山谷，前方就是高十五米的断崖。

除了获得攀登技能的角色，其他人不可能徒手爬上断崖。想要爬到山谷上方，他们还需要结实的绳索。

"是瀑布，很高。我家是住宅兼商店的'两代居'四层楼房，就和那个差不多高。"

现场的一个男人这样对队长报告。

"气氛都给你破坏了。"

另一个人在低声地自言自语。

"扫描中显示的位置就是这里吗？就是瀑布吗？明白。"

男人的报告马上有了回应，他大声地转告周围的队友——瀑布的声音实在太吵，他也只能这样大声喊。

"扫描的位置就在这里！正是瀑布附近！"

"上面呢？到上面去的小队在吗？看见什么了吗？"

这个问题经由队长们——也就是大本营传递回了答案。

"没看到！瀑布上方只有河流！"

现在距离扫描已经过了三分多钟。

有人看着手表说："移动了？难道被他们逃了？"

接着又有队友不甘心地说：

"有可能……我们白忙活一场。"

这时，正巧在他们附近的别队成员摇头对他们两人说：

"不……应该不是……"

"为什么？"

"你怎么知道？"

"我发现……那瀑布，上面有一大块向外突出的地方。"

上面？那两人从藏身的岩石后稍稍探出头。

瀑布上方的确有一块突出的岩石，水顺着岩石冲到悬崖外才开始形成水帘下落。

只要顺着左右两边的岩石，就能绕到水帘后方。

"那个空间可以藏人……"

听到报告的队长们立刻明白了一切。

敌人是想躲在瀑布里面，等着联军走过去。

在联军经过之后，他们就能一口气跑下山，趁着那二十九人在山里到处寻找之时，快速逃往其他地方。

绝不能让对方得逞。

队长们立刻做下决定。

他们向各自的队员做出了指示：

"敌人藏在瀑布里的可能性非常高，所有人开始射击！"

山谷里的二十人纷纷抬起枪口。

狙击手和机枪手都将爱枪的两脚架架在岩石上，用冲锋枪和攻击步枪的人则紧贴岩石趴下来。

目标就是前方几十米处的瀑布水帘。因为山谷太狭窄，二十人还无法横向散开。

"前面的人，绝对不要抬头啊！不然子弹会打穿你后脑。"

把机枪架在后方岩石上的男人大声叫道。就像拍纪念照时一样，前排的人要趴低一些，后排的人要将枪口位置适当抬高。

做好准备后，有个男人问了个相当朴实的问题：

"子弹能打穿那条瀑布吗？"

"不知道。试试就知道了吧？"

"的确。"

五个队长一同发出指示：

"开枪！"

狭窄的山谷里，二十支枪一同开始射击。

轰鸣声响起。下一瞬间，水帘上发生了不可思议的现象。

那里竟然出现了一条横向水柱。那条水柱配合着瀑布的下落速度伸向斜下方，随后又消失了。

或许不是全部，但还是有子弹贯穿了瀑布。

确凿的证据就是，机关枪的曳光弹穿过瀑布后，大概是被后面的岩石反弹了出来，又从瀑布旁边飞出。

"能打穿！射击射击射击，尽情射击！"

"噢！"

众人不再手下留情。

如果六个敌人真的藏在那后面，就肯定会被杀光。

二十支枪不断地喷火，枪声就没有中断过。

再加上山谷产生的回响，枪声停留的时间比平常都长，最终形成闻所未闻的巨大噪音。如果这里不是能自动调整音量的GGO世界，那所有人都会立刻产生重听症状。

射击还在继续。

机枪手换上了新的子弹，其他枪手也换了好几次弹匣。

排出的空弹壳会在几秒钟内消失，这是GGO的特征，不过，消失时的发光特效也非常美，几十颗空弹壳在石头上和水面上接连消失的情景甚至显得很梦幻。

二十支枪管里吐出来的淡淡硝烟扩散开来，渐渐弥漫在四周。山谷里仿佛燃起了篝火似的，被一层白烟所笼罩。

"真厉害啊！喂！"

"嗯。这么多人拼命射击的场面，在GGO里我还是第一次看到……"

在山谷上方左右两边的九个男人都忘记了原本要警戒四周的任务。

他们在特等席上眺望着这一场华丽的"击鼓演奏会"。

"我们要是也在下面就好了。这算不算是抽到了鬼牌啊？"

大约经过五十秒的疯狂射击后——

"停止射击！应该可以了吧！"

队长们做出指示后，男人们就陆陆续续地停下了射击。

"看招！"

只有一个男人没有听到命令，一直激动地用M40A3狙击枪射击。队友轻轻敲了下他的头。

"嗯？啊？"

"就只有你还在开枪了。"

"嗯，不好意思。请让我打完最后一发子弹，这样弹匣就打空了。"

他将后退的枪栓推回前方，对着瀑布又开了一枪。

枪声的回响消失后，山谷又充斥着瀑布的水声。这声音明明应该很吵，现在听起来却显得非常安静。

从外表看去，瀑布并没有发生变化。

"好……有没有谁身体灵活的,到瀑布后面去确认一下?"

听到这话,立刻有四人从不同的小队里站了出来,全是拿着冲锋枪的高敏角色。

"拜托你们了!只要看到了'Dead'标志就行。如果还活着,就给他们补一枪。"

"明白!交给我们吧!"

"别掉到瀑布下的水潭里……估计会掉一大截血。"

"嗯!"

"我们会进行掩护射击,如果情况不对就趴下来。"

"知道了,多谢!"

几人坦率地进行了几句对话。

原本是敌人,现在只是将枪口指向同一个方向,竟然也团结了起来。来自好几个小队的这些人现在组成了一支优秀的队伍。

四人兵分两路,向瀑布上方爬去。剩下的二十五人依然瞄准着瀑布。

"被打中了一点。"

听到M的话,Pitohui开心地反问:

"会死吗?"

"很遗憾,没事。"

"什么嘛!难得我还想帮你报仇呢!"

"不用管我。已经做好准备了,之后就……随你高兴吧。"

"这个用不着你说,那就麻烦你给我个信号了!"

四个男人发挥着自己的高敏捷度属性,连蹦带跳地从一块岩石跳到另一块岩石,向着瀑布接近过去。

还剩下十米时,右侧领队的男人将迷你UZI冲锋枪举起。左侧领队的男人也把冲锋枪MP7A1的枪口指向了前方。

"现在有四人分成左右两边在向瀑布后方接近过去……似乎还没看到敌人。"

队员在向队长们报告。

还剩五米。领头的男人已经被水花溅湿了。

还剩四米。男人将手指放在扳机上,又伸出左手。

他的手指一根一根弯曲,是在倒数。

四、三、二……

在还剩一秒时,男人们被炸飞了。

瀑布的左右两边各冒出一团青白色的火球,将四人毫不留情地炸飞出去。

领头的那两个男人飞出了五米,重重地撞在山谷侧面。剩下的两人被倒飞的队友撞到,身体失去平衡,从岩石上滚落到了水潭里。两声爆炸声同时响起。

"是等离子手榴弹!他们还活着!敌人在瀑布里!开枪开枪开枪!"

山谷里再次响起咆哮声。

这仿佛成了信号,山里有什么东西冒了出来。

是蒙面的男人们。

他们趴在洞里,披着迷彩斗篷,再在上方细心地伪装上土和枯草。现在,有三个人分别从不同的地方一同站起来。

这里是山谷的北侧,大约五米外的山坡上。

留在山谷上方的那些男人刚才还在这里警戒着,而那三人一直潜伏在他们身后不远处,就算被他们踩中也不奇怪。

现在,三人在站起来的同时举起了枪,开始对眼前背对着自己的敌人射击。

小个子男人拿的是霰弹枪。

UTS-15,是泵动式霰弹枪。有棱有角的外形就像光学枪,它拥有双管式弹仓,是一支非常有特色的霰弹枪。

男人快速地连续滑动前护木,冲每个敌人打出三发子弹。子弹类型是OOBuck。

从岩石后放发射出来的霰弹暴雨接连击中了在山谷边缘低头看向瀑布的四人全身,将他们打成了蜂窝。

大个子男人是机枪手。

他抱在手里的是MG3机关枪,口径是7.62毫米。

虽然这只是对机关枪MG42的口径进行了改变的老式枪支,但这把枪上装有最新式的抑制器。

男人将又长又重的MG3抵在腰间,左手握住横向两脚架。在队友击倒跟前的敌人时,他只凭着双腿就冲上了一块大岩石,然后就在岩石顶上用全自动模式开始射击。

咔咔咔咔咔咔咔咔。

装上抑制器的枪发出了奇怪的声响,垂在枪身左侧的弹链被吸进枪里,子弹一颗接一颗冲向前方,空弹壳从枪身正下方飞出,撞击到岩石上,发出叮叮当当的动听声音弹跳着。

男人疯狂射击将枪口横向移动。

横向扩散开的子弹飞过山谷上方,连续贯穿了在那里低头往下看的五个人。男人们的身体各处闪起中弹特效，一个接一个倒在原地。

唯一一个走运的、还没死的男人，就着倒地的姿势举起加利尔攻击步枪，叫道：

"有敌……"

有敌人——他甚至连这句话都没能说完。

飞来的子弹射穿了他的右臂，又击中他的头部，他死了。

就在这两个队友身后，蒙着面的胖男人来回拨弄枪栓，将大大的金色空弹壳排出来。

体格如同相扑选手的他是个狙击手，手中拿着大型狙击枪，也正是刚才击穿了敌人手臂和头部的枪。

这把狙击枪全长一米二左右，装有着独立的手枪型握柄，以及像鱼尾鳍那样的枪托，名字是Savage 110BA。

使用的子弹是威力强大的338拉普阿马格努姆弹，在GGO里是极其稀有且威力强劲的一把枪。

三秒钟左右，山谷上的九人就死了。

而在山谷中的队友们还没有察觉此事。

他们自己的枪声实在太吵，敌人的枪声又混杂其中，他们自然听不出来。

再加上他们是以小队来分组的，也就无法通过视野左上方的生命值来得知伤亡情况。

在大本营的两个队长马上就注意到了。

显示在他们视野左上角的生命值告诉他们队友被全灭了。一开始，他们还以为是哪里出了错。但，两人很快发现不是只有自己变了脸色。

"我的队友们死了！"

"我们队也是！被全灭了！"

他们向大本营报告。

得知被全灭的都是待在山谷上的小队后，剩下的五人很快就弄清楚了情况，又传达给了在山谷中的队友们。

"上面有敌人！掩护小队被全灭了！注意上方！你们都听到了吗？"

队长们没有听到小队成员们的回答。

"为什么？"

比战场上所有人更了解情况的，是在酒馆里的观众们。

同一时间不同地点都有战斗发生，观众分成了两拨。从等离子手榴弹在瀑布两侧炸开时起，这边的观众们都盯紧了画面。

"噢！"

"来了！"

因为是多角度同时拍摄，他们也清楚地看到了从地面冒出来的蒙面男人们。摄像头就跟在他们身后。

当画面上映出他们将枪口指向了只顾着从山谷两边往下看的男人们时——

"后面！后面！"

里面的人当然听不见，就在有人这样开玩笑时，枪响了。

霰弹枪、机关枪、狙击枪，那些男人就像枪靶子一样扑通扑通地倒下去。

"唉。"

"这也太松懈大意了……"

观众们悲伤地看着他们。

蒙面男们就这样将九个男人全杀掉了。

"直接从上方向下扫射，他们就能把山谷里的家伙们全干掉了吧？"

但他们并没有这么做。

他们没有向山谷探头，而是原地蹲了下来，不再行动。

"为什么？"

在每个观众们都冒出这个疑问的瞬间，画面再次切换了。

画面上出现了一个女人的背影。

"是那个女人！"

深蓝色的连体衣，马尾辫，非常好认，不会错。

是那个和M及蒙面男们在一起的女人。那个女人在山谷里慢慢攀爬，从背后逼近那些还在向着瀑布射击的男人们。

有人代表看见这一幕的所有观众说道：

"那个女人，怎么什么武器都没拿？"

画面中，女人两手空空，腰间的腰带上也没有手枪、手榴弹或是匕首。

武器或许都收在仓库里，她现在是赤手空拳的状态。

"想谈判……吗？事到如今才去和那些家伙搭话，问问'怎么样，要不要联手'之类的？"

有人这么说，但马上又有人干脆地反驳道：

"那为什么蒙面男们要杀掉山谷上的家伙们？"

那个女人到底要干什么？

没有人知道。女人灵巧地顺着岩石跳跃过去，终于来到了男人们所在的那片区域。

男人们依然在不断地向瀑布射击，没有人察觉她的到来。明明身后不远处就有一个敌人。

这画面实在太奇怪了，让人感到毛骨悚然。

摄像头回转，捕捉到人群最末端将俄制的RPD轻机枪架在岩石上疯狂射击的男人，以及在他身后四米处的女人，女人扯动纹着刺青的脸颊。

长相中带着一丝阴狠的女人笑着说了些什么，不过观众们听不到她的声音。

"我要上了，给我打个掩护就行。"

13点46分。

画面左上方显示着时间。

接着，观众们就看到——

女人像鱼似的溜过去，站在用RPD轻机枪射击的男人身后，用右手抓住他被战斗服裹住的脖子一扯。

看上去只是很轻松的一扯，但她应该用了相当大的力气。那个强壮男人的枪一下子就离了手，不得不停止射击。

随后，女人将手从对方的脖子移到了后脑上。

紧接着就以迅猛之势地将男人的脸大力撞到岩石上。

从第一击起，受伤判定就出现了。男人的鼻子冒出了中弹特效，红色多角形碎片像血一样飞散开。

第二击、第三击、第四击……女人不断地将男人的脸往岩石上撞击，男人的手脚也从最开始的不停挣扎然后渐渐垂下，最终一动不动了。

然后，男人头上亮起了"Dead"标志。

酒馆里的男人们看着女人那一连串的流畅动作，一瞬间就变得一片寂静。过了一会儿后——

"那、那个女人，竟然徒手就把人给杀了！"

"还能这样啊……"

"毕竟有摔死的判定，说明撞击是会产生伤害的。但……一般谁会那么做？"

众人纷纷说着感想。

在此期间，女人扔开尸体，拿起那男人刚才用的RPD，将沉重的机关枪像步枪一样架在肩上。

接着，她开枪了。

向分散在山谷里的男人们的后背射击。

她没怎么瞄准，只是单纯把子弹打出去。

尽管如此，有意思的是，在她前方三米到二十米间的目标还是被击中了。有三个不幸的家伙还被直接打中要害，甚至都不知道自己是怎么死的，就被淘汰了。

没有中弹的幸运男人们注意到来自后方的突袭，纷纷转身。

蠢货！别对自己人开枪！

他们张开嘴想那么说，却又僵住了。

其中一个男人露出了非常有趣的表情，仿佛不敢相信自己的眼睛。但很快他的眼睛就被子弹贯穿了。

剩下的人慌忙躲到岩石后方，才勉强逃过那一次扫射。

机关枪的子弹从一开始就剩不多，经过三秒左右的射击后子弹就打完了。女人立刻扔掉没用的枪，冲上岩石，又向着一个在附近蹲着，一脸恍惚的男人跳去。

女人的护膝狠狠撞到男人脸上。

男人倒在从岩石间流过的水里，女人用鞋跟狠狠踢了他一下。同时，女人拿走男人手里的AKM，开始对别的敌人射击。

射击时，女人还用右脚使劲踩着倒在水中的男人的后颈。

男人无法将脸露出水面，痛苦得挥动着手脚挣扎。在女人用他的枪杀掉他三个队友后，他也因为窒息上了死者名单。

"有敌人！"

"开枪打那女的！"

男人们终于开始反击，女人躲到岩石后方，子弹全打到了岩石上。

紧接着，一个人影从岩石后方冲出，子弹立刻往那里集中。

那个角色被几十发子弹打中身体，却并没有死——因为他早已成为一具尸体了。

女人将尸体扔出去做诱饵后，像蛇一样在岩石后方滑行，又来到一个男人身边，那男人正在拼命将霰弹装进自动式霰弹枪雷明顿维尔萨·马科斯里。

"嗨！"

"咦？"

男人抬起头，就被女人毫不犹豫地用没了子弹的AKM枪托殴打了眼睛。

女人扔掉AKM，从仰面躺下的男人手中拿走枪，调转枪口，对着倒下的男人脸上开了枪。

男人被自己枪里的霰弹击中，脸上闪起一片鲜亮的中弹特效，鼻子往上的部分全都消失。当然，他也死了。

女人将拇指插进霰弹枪的填装孔里，用手指来确认弹仓里还有几发子弹。然后她满意地点点头，拿着新的武器冲了出去。

还剩八个活人。这个死人比活人还多的山谷里已经完全没了有组织的反击，每个人都只顾着自己躲藏。

女人愉快地在山谷里跑来跑去。虽然她的敏捷度比不上莲，但动作也轻盈得像忍者一样。

在发现一个藏在岩石后的男人后，她微笑着，将霰弹枪的大枪口抵在对方的后颈上开了枪。

第一枪就把男人的脖子打断了一半，她立刻扣动扳机又打了一枪。等男人的头和身体分开后，女人抓住他的头发将这颗脑袋扔了出去。

画面切换，摄像头捕捉到那颗脑袋落在另一个藏于岩石后的男人眼前。

麦克风没有录下叫喊声，但画面里他极其惊恐地跳了起来。

男人想要立即逃离那里，在岩石堆里爬来爬去，脚下踏过水浅的地方时，响起了哗啦啦的水声。当他从一块岩石后探出头时，就看到了女人的脚。

霰弹还未散开就击中了他的后脑，死亡人数又增加了一个。

看到尸体腰间挂着三个等离子手榴弹，女人毫不客气地拿了过去，连续扔出了其中两个。

手榴弹飞向十米外的瀑布水潭，那里有两个被M炸飞后掉进水潭的男人，他们好不容易才刚要爬出来。

两个等离子手榴弹扑通扑通地掉入水中，水面开始膨胀，像两座小山似的鼓了起来。

随后，大量的水和身体碎片一起飞到空中。瀑布立刻又注满了水潭，两人的尸体也浮出水面。

待在山谷上方的男人们一枪都没开。

他们待在上方，是准备掩护山谷里的队友。因为从上面能清楚地看到蹲或趴在岩石后的敌人，如果队友受到袭击，他们就会立刻射击敌人。

但，他们完全没有出手的机会。

Pitohui高兴地来回跳跃着，在谷底将敌人一一找出来杀掉。

"……"

他们只是沉默地旁观。

从画面中能看到，四个男人紧贴在四块岩石后方躲藏着。

还有一个女人正在寻找他们。

河对面的女人从一具尸体那里拿走伯莱塔92FS，9毫米口径自动手枪，用右手拿着它，愉快地四处走着，同时查看岩石背后有没有人，就像是玩捉迷藏游戏时扮演的"鬼"一样。

事情发展到现在，观众们的反应都变了。

之前他们被女人那种如同恶鬼般的战斗风格吓得目瞪口呆，现在却——

"干掉他们！还有四个！"

"山谷上的家伙！别开枪啊！这种时候可不能破坏气氛！"

"拿人头最多奖，肯定是她了！"

"小姐姐！你可真厉害！"

"刚才说你是宅圈公主，是我错了，对不起！"

"我愿意被你杀死！"

所有人的态度都发生了一百八十度的大转变。

"怎么了！发生什么事了？"

队长们陷入了恐慌。

起初只是没有回答，但在他们叫喊的同时，队友们的生命值在一个接一个减少，死亡人数渐渐增加。

各个队长报告战死人数的声音重叠在一起，都已经数不清人数了。

"有个非常可怕的家……"

噗。

不知道敌人是在多近的距离下开的枪，连阻止他说下去的枪声都被麦克风录下了。即使不看生命值也知道那边发生了什么。

一开始制定作战计划的那个全身是护具的男人确认了自己的队友已经被全灭。

"还有人活着吗……"

他向其他队长问道。

有四人摇了摇头，只有两人痛苦地说：

"我们队里总算还有一个……不过，血条已经黄了。"

"我们队也有一个，但血条是红的。"

"M，我觉得你可以出来了。"

听到蒙面胖男人的声音，手里拿着M14·EBR的M从瀑布后面钻了出来。

他魁梧的身体湿透了，屁股和腿上有六处闪着红色的中弹特效，生命值也少了四成左右。

机枪手在山谷上方往下看着他的情况问：

"被打中了不少地方啊，盾被打穿了？"

"是跳弹。子弹打到上方的岩石，又反弹击中了我。我只护住了脊柱和头。"

"所以我才说'很危险'啊！你太乱来了。"

"这是前期准备，没办法。Pito呢？"

M看向河的下游，只看到了在山谷各处亮着的"Dead"标志，数量多达二十个。这么密集的标志，也算是难得一见。

"在下游，一块大岩石后面。现在正和最后两人玩耍。"

"嗯？"

M不解地歪了下头，然后用和魁梧身躯不符的轻盈脚步沿着岩石跳跃起来，顺着山谷而下。

走了大约二十米后，他就看到了在那里的Pitohui。

Pitohui靠在一块巨大的岩石上，右手还拿着缴获的伯莱塔92FS。

"唉，伤脑筋。"

在前方大约五米处，能看到两个敌人。

其中一个是穿着沙漠迷彩的男人，他的身体几乎都泡在水里，双脚的前端已经消失不见，表示肢体缺损的红色特效在水中闪着美丽的光。

另一个是穿着红褐色外套的男人，他用左手抓着湍急河水边上的岩石，将右手伸向下游。

他手里抓着沙漠迷彩男的防护背心衣领。如果他放开手，对方就会被冲走了吧。

"只剩那两个了。"

听过报告的M对Pitohui说道。

"你在等什么？"

Pitohui转回头，脸上还带着愉快的表情。

"哎呀，你看抓着人的那个，他右腰上还有手枪。"M转头看去。

红褐色外套男的右腰上别着古朴的皮制枪套，里面收有一把柯尔特1911A1，45口径自动手枪，又叫政府型。

"我在等他放开那个该死的家伙，拔出手枪向我射击。要对毫不抵抗的人开枪，在心理上还是会抗拒的吧？"

"你难道是在开玩笑吗？"

面对抬头看着自己的Pitohui，M老实地回答道，随后又说：

"我们没多少时间能浪费在这里。"

"我知道了，真是的。"

Pitohui举起伯莱塔92FS，很随意地开了一枪。

子弹打中了红褐色外套男的侧腹部。

"呜！"

男人的身体晃了下，却还是没有松开手。

"咦？很能坚持嘛！"

Pitohui又开了一枪，这次击中了他的右上臂。男人应该感受到了一阵强烈的麻痹，但依然没有松手。

"这么拼干什么啊！"

Pitohui生气了。

"吵死了！"

红褐色外套男吼了回去。

"折磨无法抵抗的对手很有趣吗，啊？"

"二十九人折磨六人，有趣吗？"

"……"

"YES！答案是两者都很有趣！其实你也知道的吧？要是你我立场互换，你肯定也会做一样的事！"

"……"

红褐色外套男完全沉默了下来，被河水冲得漂来荡去的沙漠迷彩男对他喊道：

"喂！够了！放手吧！那女人说的对！拔出政府型向她射击！别管我了，快杀掉她！"

"我拒绝。"

"你是笨蛋吗!"

"虽然你是个让人恼火的可恨家伙,但在打倒那些家伙之前,我们还是队友。我的小队,不会对队友见死不救。"

"你要是死了,还不是都一样!"

"我们还没有被全灭!听到这边情况的队长们应该会设法展开行动的!"

"噢,是啊!"

看到两个男人无视自己争吵起来,Pitohui又开了两枪。

"喂,别无视我呀!"

那两枪都击中了男人的胸部,但"Dead"标志并没有亮起。

"哎呀,防弹盔甲?还是子弹在水中威力减弱了?所以我才讨厌手枪啊,而且子弹还打完了。"

Pitohui手中的伯莱塔92FS的套筒停在了后退的状态下,证明枪里已经没了子弹。

她将这把没了用处的东西扔进河里。

"M,EBR借我。"

"不行,我没有多的子弹能给你打着玩。"

"啧。那就从那边的尸体上弄一把。要哪一把好呢?"

Pitohui在岩石背后转身,开始在周围溜达着寻找新武器。

M在岩石上对那两个男人说:

"你们两个,和你们队长说,让剩下的人都投降吧。"

"……"

"……"

他们什么都没说,但M还是用冷静的语气继续说服道:

"你们的作战计划倒是不错,干得也挺好。但现在这样就是比赛结果。就算还活着的七人联起手来，他们也没有胜算。"

走回来的Pitohui一脸严肃地叫道：

"你快住口！那样可就一点也不好玩了！你们两个，把这傻大个的话给忘掉，别告诉你们队长！要说'我们被敌人狠狠地耍了！太屈辱了！求求你们一定要为我们报仇'。明白了吗？"

"嗯，他们会把你们全杀掉！"

红褐色外套男说。

"你们做好赴死觉悟吧！"

沙漠迷彩男也笑着回瞪Pitohui。

"对对，我就是想看到你这个样子。再见了。"

Pitohui露出满意的表情，以低头投球的姿势扔出了捡来的等离子手榴弹。

"你这混蛋！"

"下地狱去吧，臭娘儿们！"

两个男人的叫声刚落，手榴弹就在河里爆炸了，他们被炸成了碎块。

一条被水冲走的右手还一直抓着领口。

"她做到了！"

"厉害！仅凭一人之力就干掉了十八人！"

酒馆里更加热闹了。

"真不愧是冠军候补！"

"我都被迷住了！太棒了！"

不过，如此热烈的欢呼声还是无法传到山谷里。

"接下来，进行下一步吧。大家到山谷下会合。"

Pitohui这么说后，立刻迈开了步子。

"我还要把盾收起来，等一下。"

M阻止了她，然后快步溯河而上，去收回还展开摆在瀑布后面的盾。

"快点啊！"

Pitohui抬起头，就看到四个蒙面男在低头看着自己。

河里，被炸成碎块的两个男人的尸体被冲向了下游。

和BoB不同，SJ里不会一直保留着各种奇形怪状、四分五裂的尸体。要不了多久，那些碎片就会在下游恢复成人形了吧，但现在看起来真的非常恐怖。

虽说那四个队友蒙着面带着护目镜让人看不到脸，但Pitohui大概是感觉到了他们想说什么，笑着对他们说道：

"不那样的话，也加深不了他们的友情吧？刚才那两人，等十分钟后回到酒馆里时，肯定会一起喝上一杯美酒。"

这女人说的话做的事，到底有几分是认真的？

男人们都这么想着，却谁也没有说出口。

"怎……怎么会这样……可恶！"

距离山谷一千五百米的山脚处，农田之上，身为提议者的护具男叹了口气。

从状态画面上可以清楚地看出，他的队友已经被全灭，现在还活着的就只有他这个队长而已。

其他六个队长的情况也完全一样。虽然他们还不知道战场上的情况，不知道队友们是怎么死的，不过——

"的确是被全灭了……"

"嗯……真不敢相信……"

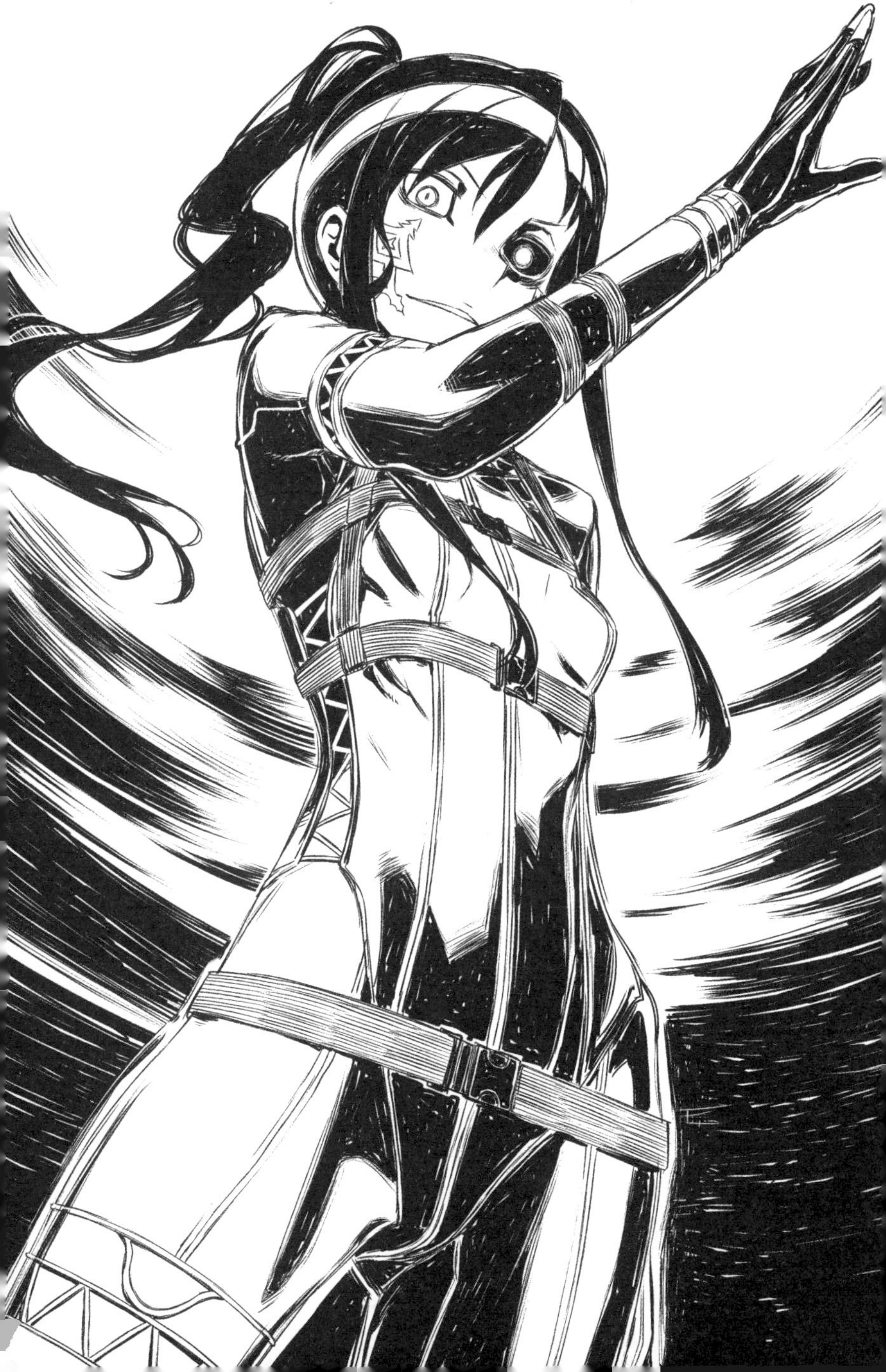

大家都露出了沉痛的样子。

其中一个男人说：

"那么，我去了。"

他拿着百式冲锋枪，向着耸立在眼前的山走了出去。

"你想干什么？"护具男问。

男人转身回答：

"很遗憾，这个作战计划已经失败。所以，接下来我要展开自己的战斗。"

"不是……你这话听起来很酷，但完全不懂你要干什么。"

"噢，对不起。接下来，我要去和那些'山中恶鬼'战斗，直至死去。我打不过他们，但若是现在就投降，我没脸去见那些先战死的队友。"

"……"

"作战计划本身没有问题。既然我们所有人都理解并且答应了，就不是你的责任。还有其他几位，尽管时间很短，但我还是很高兴能和大家一起战斗。祝你们武运昌盛。"

最后，他做了个漂亮的敬礼姿势，然后转过了身。

看着他逐渐变小的背影，剩下的六人也一言不发地同时迈出了一步。

"喂，这是什么意思？"

看着并排在自己身边的六人，男人不解地问。

"还用问？我们也要战斗。虽然所有人都不同队，但要做的事就只有一件。你也是GGO的男人，应该知道的吧？"

"对对！怎么能只让你一个人耍帅装酷！"

"敌人是六人，我们可有七人吧？很轻松嘛！"

"一人杀一个，先下手为强。"

"我要给队友报仇。我还一枪都没开过，这正是机会。"

"我直说了，我们的SJ2现在才刚开始。"

听到接连不断的回答，男人露出了微笑。

"那……我们并肩战斗吧，战友们。"

摄像头从后方拍摄着排成一向着魔山前进的七个背影。

他们的服装和武器都不一样，唯一的共同点就是队友都被全灭了。

酒馆里的观众们心情复杂地看着这一幕。

"喂喂，现在还冲上去？绝对是送死！赶紧投降吧，就不用亲身体会那种痛苦了。"

"赢不了的……不管怎么想。"

"不过，能再看到小姐姐大杀四方，也不错。"

有确信Pitohui等人会胜利的观众在嘲笑他们。

"那些家伙也算得上是男子汉了！看得我热血沸腾！"

"不好，我快哭了……好像有部剧叫'七人'什么的。"

"好啊，加油！就算从现在开始战斗，也还有胜算！"

也有观众和那七人有了共鸣，在鼓励他们。

尽管如此，酒馆里的人还都有一个共同的想法。

——太好了，又能看到激烈的战斗了！

屏幕画面中，七个人影正向大山逼近。

还差几百米，农田就要结束，换成险峻的山岳地带。

他们会打出怎样的激烈战斗呢？

在酒馆观众们的热切注视下，正在往前走的七个人在一瞬间变成了六个人。

并不是有人逃了。

走在最右边的男人从腹部被切断了身体，上半身向后下半身向前地倒了下去。

"咦？"

两秒钟后，人数又变成了五人。

走在最左边的男人同样被切成了上下两截。

镜头切换。

出现在画面上的，是在森林当中举着巨大步枪的女人。

扎着高马尾、脸上有刺青的女人趴在平坦的岩石上，手上举着用两脚架架住的巨大的枪。她周围展开了在上一届SJ以及刚才的战斗里都派上了大用场的M的盾。

"噢！是M107A1反器材步枪！"

观众中有人发出惊讶的声音。

并没有人出声问"你知道这枪吗"。只要是玩GGO的枪械爱好者，除了刚开号的新人，那可以说是无人不知的常识。

M107A1由巴雷特公司制造，是使用12.7毫米弹的反器材步枪，也是M82这支著名枪支的改良版。它们的不同点是M107A1更轻，以及在枪口的设计上从一开始就带上了抑制器。

画面里的M107A1也装着抑制器，枪身原本就长达一点五米左右，现在前方还加了四十厘米的附加装备。那女人的身高绝对算不上矮，那把枪的长度快赶上她的身高了。

12.7毫米弹的反器材步枪，有效射程达到一千五百米以上。再加上身处高地和空气稀薄这些条件，还能打得更远。

画面中，女人开了三枪。

被抑制器削弱过的枪声依然很响亮，抑制器前端的左右小孔里冲出剧烈的瓦斯。那是把自动枪，长达十厘米、大得惊人的空弹壳从枪的右侧排了出来。

虽然男人们正从对面靠近过来,但也还处在一千两百米之外。巨大的子弹冲着他们呼啸着飞了过去。

结束大约两秒钟的旅程后,子弹击中了第三个人。是在两人倒下后依然没能明白发生了什么事的护具男。

不愧是科幻世界的防护用具,就算被能够切断活人身体的12.7毫米弹击中,他也还没有死。

伤害超过了胸口护具的防御最大值,护具像陶器一样碎裂开来。

男人的生命值只减少了四成,沉重的身体也只向后飞出了大约三米而已。

而下一瞬间——

"可……可恶……"

男人勉强抬起上半身,下一颗子弹就由完全一样的路径飞向了他的腹部。

在没有任何掩体的农田中,剩下的四人只得暂时趴下。

"敌人在前方!别低头!会漏看预测线!立刻准备躲避!"

有人喊出了在GGO里应对狙击手的典型方法,男人叫道:

"不行!那些家伙也是无预测线射击!总之,先站起来!尽快跑进森林里!"

紧接着他就拿出自己的最快速度冲了出去。附近没有地方能够藏身,要想活下来,就只有冲进森林里。

剩下的三人目送着他,却没有追上去。

没有实际经历过的人,对无预测线狙击没有任何概念,也就不会感到恐惧。

"知道对方的位置……只要看到预测线，狙击也就……"

就在其中一人这么说时，他正好看到一条弹道预测线从山的中部伸了出来。距离很远，所以是一条下落的长长抛物线，微微向左弯曲，然后就向着他垂了下来。

就在那条线横向移动着，即将捕捉到他的瞬间——

"嘿！"

男人向右翻滚。他滚出三米后，停止下来。

"怎么样？"

就在他骄傲地这么说时，一颗没有出现弹道预测线的子弹击中了他的脸。

"真不错，再来一次。从左边的男人开始，你来射击。"

森林当中，Pitohui对着在旁边大约二十米处举着狙击枪的胖男人做出指示。

"是。"

一把Savage 110BA架在三脚架上，一个庞大的身躯稳稳地坐在枪后。

他正看着瞄准镜，对趴下的目标进行瞄准。虽说威力不及12.7毫米口径的枪，但这把枪的有效射程也达到了一千五百米。

胖男人将手指扣上扳机，瞄准镜里出现的着弹预测圆就和趴在农田里的男人重叠了。

当然，弹道预测线也被触发，对方立刻为避开预测线而快速地横向移动。

Savage 110BA开火，子弹在空中超音速飞过，在目标区域击起一大片尘埃。

在那片尘埃几乎要被风吹散时——

"抓到你了。"

Pitohui用M107A1射击了。

是和M在上一届时同样的，不依靠着弹预测圆的射击。

通过自己的经验和计算来预测子弹会飞往哪里，也就是通过预测重力、风力、地球自转对子弹的影响来进行的射击。

和目标间的距离与刚才完全一样。没有风，这一点能从队友打出的子弹看出来。

四十五克的子弹虽然会因为空气磨擦而减速，但时速也达到了六百三十千米。它击中了男人的背部，强劲地击穿他的身体，令他立即死亡。

农田上还剩一个男人。

"接下来……"

在Pitohui用瞄准镜捕捉到他的瞬间，就看到对方以仰躺的状态挥舞起左手。

"笨蛋！快住手！"

但，她的愿望落了空。

在她开枪前，对方完成了最后的操作，投降了。那条失去力气的左手啪嗒一下倒了下去。

"我刚想杀你啊……"

"有一个人冲过来了。左下方，一千米。正在逐渐接近。"

一旁，拿着大型双筒望远镜当观察员的M说道。

"噢。"

Pitohui将M107A1调转方向。

"啊，已经瞄准不了了。可恶！"

目标被粗壮的树木挡住，她立刻放弃了。

"虽然我很想自己把敌人全干掉，但这也没办法。之后就交给大家吧。"

Pitohui这么说，快速地锁上了M107A1，又用左手温柔地敲了下它那如同贴上细长铁板的粗犷枪身。

"辛苦你了辛苦你了，你果然是好孩子。真想把你带回现实世界去。"

几十秒后——

来到能够瞄准的位置后，MG3发出沉闷的枪声，子弹在持续奔跑的男人周围激起尘埃。

即使如此，男人侧身来躲避逼近的预测线，拼命奔跑。

最后，他被M的E14·EBR连续击中三次，在距离森林还有六百米的位置向前倒下。

这支小队被歼灭的时间是13点49分。

这是一场十分钟的歼灭战。

酒馆里，比起战斗毫无出彩就被淘汰的七人，话题反而集中在女人用的反器材步枪上。

"巴雷特M107A1，在日服就只有一把吧？"

"那种怪物一样枪如果到处都有，谁受得了啊！"

"反器材步枪……目前确认的只有九把，不确定的有两把。当然，都是不同的枪。不过，听说最近有人见过新的实体反器材步枪，所以总数不止九把了。"

"上一届BoB里大杀四方的，叫诗乃的女人，用的也是反器材步枪吧。那把是什么来着？英国的AW50？"

"可惜，你说错了。是法国的黑卡蒂Ⅱ，木制枪托版。"

"噢，是那把。"

"你很了解嘛。在追人家？"

"才不是，蠢货！我是在BoB预赛里遇到了诗乃，然后，被她用那把枪从八百米外打断了脖子！"

"唉，节哀……您一定很痛苦吧……"

"别突然用敬语，这只会让我更伤心。"

这时，一个男人说：

"各位，关于那把M107A1主人的情况，我之前其实听过一些传闻……"

周围的人立刻都看向了他。

"听说那个人是在一次难度很高的探索任务中幸运地得到了宝物，可惜的是，不能带到野外去。那种超级稀有的枪，万一随机落掉了，可是会大受打击的。"

"也就是说……M107A1的主人是那些蒙面人中的一个？SJ和BoB一样，不会掉落武器，在小队战里，使用难度过高的反器材步枪也能派上用场。就像刚才那样。"

"嗯。也有可能是那人拿去卖了高价，或许是觉得放着不用太可惜了，又或许是觉得自己能力不足用不了。总之，真相还在雨里雾里。"

"那个瘦弱男人一枪都没开过，是给小队运货的吧，枪就收在他的仓库里。"

"话说回来，那个女人竟然如此轻易地在那么远的距离下发起狙击。这也太深藏不露了吧！

"巴雷特的主人就暂且不管……"

热闹的酒吧里，一个男人摆出一副什么都知道的表情这么说道。若是戴着眼镜，这种时候他肯定要推一推眼镜了，很可惜，他没戴。

"现在我们已经弄清楚一件事了。"

他说到这里就停了下来,明显是在卖关子。

"什么事?"

没人发问,对话就进行不下去,有人无奈地问了一句。

"那支小队肯定能获胜吧?队里不仅有拿着盾的M,那几个蒙面人也不错,武器同样厉害。最关键的是那个像恶鬼一样的女人。不管哪支小队过来了,都没法打倒他们。"

男人们听了,纷纷说着"的确是这样",一起点头赞同。就在这时——

"喂,你们几个!"

这十分钟里,在看另一转播频道的男人跑过来喊道。

"你们怎么不去看小莲的战斗啊!那女孩好厉害!这样下去,她肯定还会夺冠的!"

(待续)

后 记

大家好,我是作者时雨泽惠一。

非常感谢大家购买这本《刀剑神域外传 暴风之铳2 第二届特攻强袭(上)》。

这次,我也会送上一篇正经的后记。

哎呀,以前我总是写些会让读者担心的奇怪内容,还会在封面内侧写字,给包装的工作人员带来麻烦。现在,我也差不多该从那些行为当中毕业了。

我今年(2015年)四十三岁,该稳重一点了。一般来说,这个年纪的人就算有个念高中的孩子也不奇怪,可我还是单身,毕竟没什么桃花,这也是没办法的事。

"哎呀!后记!谁都没看过,没写过的后记!"

这样大叫着,边跳边敲键盘这种事,我现在也不会再做了。

往后,我会写那种成年人的后记,嗯,就是成熟的后记。我也不知道怎么说,总之,就是往那方面靠拢吧。

这篇后记非常普通。

和往常一样,这篇后记里不会出现剧透。只有这一点,我是永远都不会让步的。

好了。

借用SAO世界观的这本书出了第二集。

感谢大家购买了第一集。

既然标了"一",我当然从一开始就考虑到第二集以后的剧情发展，但能不能实现又是另一回事了。

说句不好听的，如果第一集一本都没卖出去，那也就不会有第二集了。真的非常感谢大家，我真是太幸福了。

这一集以第二届Squad Jam为舞台，粉红色小不点莲也在继续战斗！第一集里的角色当然也会登场！再多说的话就要剧透了，所以先到这里。接下来要看正文的读者，敬请期待吧！

另外，延续第一集的风格，本集中的故事大部分是发生在虚拟世界里的枪战。

没有恋人的甜蜜罗曼史，也不是赌上全银河系生死存亡的战争叙事诗，更不会描写少男少女青春时代那无处发泄的怒火，绝对不是带有冲击性的问题作品。请大家放心观看。

另外，这次的第二集是上集，接下来发售的第三集是下集。是的，故事并没有在这一集结束。

故事本应该在这一集结束的，但等我回过神时剧情只交待了一半，页数就已经很多了，只好赶紧调整。这事只有我和编辑知道，所以我就不说了。嗯，我一开始就计划要写到第三集的。

在铳与暴风的大地上，莲最终看到的景色是什么？
第二届Squad Jam的冠军是谁？
本集封面上画的金发新角色又是谁？她戏份多吗？
Pitohui和M的谜团揭晓了吗？
时雨泽会以作参考资料为名继续购买空气枪吗？
这些谜题的答案都在这里。
第三集将于六月十日发售（**注：此为日版发售时间**）。请大家耐心等待。

在此，我再次向《刀剑神域》的原作者川原砾老师表示由衷地感谢，谢谢您让我使用那个瑰丽的世界。

在写作的过程中我时常这么想，*Gun Gale Online*的游戏系统真的很完美，平时不怎么玩游戏的我是绝对想不出来的。

若是某一天，书中的虚拟游戏成为现实的话——

我很可能会沉迷游戏不断拖稿。想想就好可怕，太可怕了。

而编辑的虚拟角色就会向我进攻。

"快去写稿子——"

"我拒绝！哇——"

彼此交错的想法和子弹，现在，拉开激战的帷幕。

这是很简单就能想象到的事。

不过幸好，2015年还没出现这样的游戏，第三集我应该是能好好写出来的。

好了，那我们在下一集的后记里再见吧。

2015年 3月10日 时雨泽惠一

特别篇
我将自己的战斗荣誉藏于心中！啊，响彻沙漠的灵魂枪声。

"可恶！我可是赞助人啊！"

就算他大声叫喊，摄像头也不会录下他的声音。

在第一届Squad Jam开始十三分钟后，一个角色在沙漠地带中大声叫喊着。

那是个长相普通的虚拟角色，穿着普通的战斗装备。他全身上下，比较特别的也只有怀里抱着的枪——SIG公司的5.56毫米口径自动狙击枪SG550 Sinper。

这是瑞士军队使用的高精度步枪，SG550的狙击枪版本。握把和枪托等都调整成适合狙击的样式，更坚固更粗的枪身也提高了准确度。当然，枪上还装了瞄准镜。

这把枪在现实世界里的售价非常高，在GGO里也十分稀有，如果放到游戏的拍卖场拍卖，应该能卖个相当高的价钱。

这个男人正独自趴在沙漠里。周围有几个男人卧倒在地上，这些人应该是他的队友。他们的后背上方都亮着"Dead"标志，表示所有人都已经死亡。

"我可是赞助人！竟然这样对我！可恶！"

就算他再次大声抱怨，摄像头还是不会录下他的声音。

这时，好几条鲜红的线从远方向他周围的区域照射过来。这就是"即将有子弹飞到这里"的预告。

"呀！"